소설의 기술

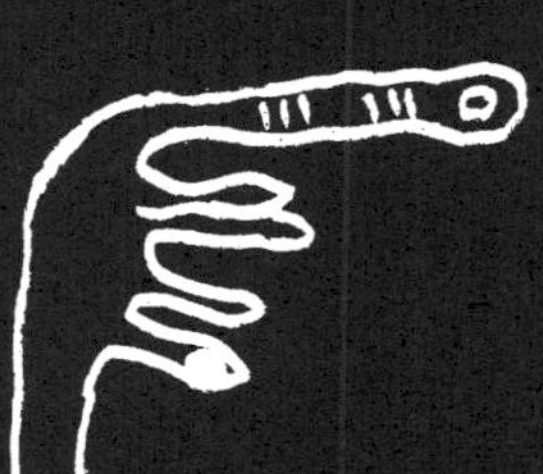

밀란 쿤데라　권오룡 옮김

밀란 쿤데라 전집　Milan Kundera　11　L'art du roman

민음사

소설의 기술

L'ART DU ROMAN

by Milan Kundera

이론의 세계는 나의 세계가 아니다. 이 책은 처음부터 끝까지, 오로지 한 실무자의 고백일 뿐이다. 소설가 각자의 작품에는 소설의 역사에 대한 어떤 함축적 통찰이, '소설이란 무엇인가'에 대한 생각이 담겨 있다. 내가 말하고자 한 것 또한 바로 내 소설들에 내재한 이 '소설에 대한 생각'이었다.

여기에 수록된 7편의 글은 1979년에서 1985년 사이에 썼거나 발표했거나 말했던 것이다. 각 편은 독립적으로 태어났지만, 나는 언젠가는 이들을 한 권의 책으로 묶을 것을 염두에 두고 구성했다. 그 작업은 1986년에 이루어졌다.

차례

1부   세르반테스의 절하된 유산

1

에드문트 후설은 죽기 3년 전인 1935년, 빈과 프라하에서 유럽의 인문정신(humanité)의 위기에 관한 유명한 강연을 했다. 그에게 있어 '유럽의'라는 관형어는 고대 그리스 철학과 더불어 탄생하여 지리상 유럽 바깥까지 펼쳐진 (가령 아메리카 대륙 같은) 정신적 동질성을 의미했다. 그에 따르면 고대 그리스 철학은 역사상 처음으로 세계(전체로서의 세계)를 풀어야 할 의문의 대상으로 파악했다는 것이다. 고대 그리스 철학이 세계를 의문의 대상으로 삼은 것은 이러저러한 실제적인 필요를 충족하기 위해서가 아니라 '앎에의 열정이 사람들을 사로잡았기' 때문이다.

후설에게 그 위기는, 유럽이 그것을 극복하고 계속 살아남을 수 있을지를 자문해 보아야 할 정도로 심각해 보였다. 그는 그 위기의 뿌리를 근대 초기, 갈릴레오와 데카르트가 세계를 단순히 기술적이고 수학적인 개발의 대상으로 축소하고 그 지평에서 삶의 구체적인 세계, 그가 말하는 '생활세계(die Lebenswelt)'를 제거해 버린 유럽 과학의 단면적인 성격에서 찾아볼 수 있다고 생각했다.

과학의 도약은 사람들을 전문화된 분야의 동굴로 몰아넣었다. 지식이 진보하면 할수록 사람들은 자신의 시야에서 세계와 자기 자신의 총체상을 잃어버렸고, 이리하여 후설의 제자인 하이데거가 말한 '존재의 망각'이라는, 거의 마술적이고도 멋있는 표현 속으로 함몰되었다.

일찍이 데카르트가 말한 바처럼 "자연의 주인이자 소유자"로 성장했던 인간은, 이제 자연을 초월하고 능가하며 소유하는 (기술과 정치, 역사의) 힘들에 쓰이는 단순한 사물이 되어 버렸다. 이 힘들에 비해 구체적 인간 존재(생활세계)는 아무런 가치도 지니지 않으며 아무런 관심의 대상도 되지 않는다. 인간은 오래전부터 가려지고 잊힌 것이다.

2

그러나 근대를 향해 던져진 이러한 준열한 시선을 단순한 비난으로 간주하는 것은 유치한 생각일 것이다. 나는 오히려 이 두 위대한 철학자들이, 퇴보이며 동시에 진보인, 그리고 인간적인 모든 것들이 그러하듯 생성에서부터 종말의 씨앗을 잉태하고 있는 이 시대의 애매성을 드러냈다고 말하고 싶다. 내가 보기에 이 애매성은, 내가 철학자가 아니라 소설가이기 때문에 더욱 애착을 느끼는 서구의 최근 네 세기를 폄하하지 않는다. 실제로 나에게 있어 근대의 창시자는 데카르트만이 아니라 세르반테스이기도 한 것이다.

아마도 저 두 현상학자들은 근대를 판단하는 데 있어 세르반테스에 대한 생각을 소홀히 한 것이리라. 내가 말하고자 하는 것은 철학과 과학이 인간의 존재를 망각한 것이 사실이라 하더라도, 바로 이 망각된 존재를 찾아내려는 유럽의 위대한 예술이 세르반테스와 더불어 형성되었다는 사실이 더욱 명확하게 드러나 보인다는 것이다.

실제로 고대 유럽 철학 전부가 그것을 팽개쳐 놓았다는 판단에 따라 하이데거가 『존재와 시간』에서 분석한 모든 중요한 실존적 주제들은 네 세기(소설이 유럽의 다른 몸에 깃드는 네 세기) 동안 유럽 소설에 의해 노출되고 제시되고 조명되었던 것이다. 해를 거듭하면서 소설은 나름의 방식과 고유한 논리에 따라 존재의 상이한 면모들을 찾아냈다. 세르반테스의 동시대인들과 더불어 소설은, 모험이 무엇인가를 묻는다. 새뮤얼 리처드슨과 더불어 소설은 '내면에서 무엇이 일어나고 있는가'와 감정의 은밀한 삶을 검토하기 시작한다. 발자크와 더불어서는 역사에 뿌리내리는 인간을 발견한다. 플로베르와 함께 소설은 그때까지 미지의 세계였던 일상의 지평을 탐사한다. 톨스토이와는 사람들의 결정과 행위에 개입하는 비합리적인 것에 관심을 기울인다. 그리고 시간을 탐색한다. 마르셀 프루스트와 더불어 붙잡을 수 없는 과거의 순간을, 제임스 조이스와는 붙잡을 수 없는 현재의 시간을 탐색하는 것이다. 토마스만과 더불어서는 시간의 밑바닥에서 유래하여 우리 발걸음을 원격 조정하는 신화의 역할을 묻는다.

소설은 근대의 시초부터 줄곧, 그리고 충실히 인간을 따라다닌다. 후설이 서구 정신의 요체로 간주한 '앎에의 열정'이 이제 소설을 사로잡아 소설로 하여금 인간의 구체적인 삶을 살피게 하고 '존재의 망각'으로부터 지켜 주는 것이다. 그리하여 '구체적 삶의 세계'를 영원한 빛 아래 보존한다. "오직 소설이 발견할 수 있는 것만을 발견하라. 그것만이 소설의 유일한 존재 이유다.”라는 헤르만 브로흐의 말을 나는 이런 뜻으로 이해하며, 그가 거듭 되풀이하는 이 말에 담긴 그의 고집에 공감하는 것도 이런 이유에서다. 이제껏 알려지지 않은 존재의 부분을 찾아내려 하지 않는 소설은 부도덕한 소설이다. 앎이야말로 소설의 유일한 모럴인 것이다.

여기서 나는 소설이 유럽의 산물이라는 것을 덧붙여 말하고자 한다. 소설이 발견해 낸 것들은 설혹 여러 다른 언어로 쓰였다 하더라도 유럽 전체에 속한다. 유럽 소설의 역사를 이루는 것은 (이미 쓰인 것에 덧붙이는 것이 아니라) 발견의 계승이다. 한 작품의 가치는 이러한 초국가적인 맥락에서만 온전히 인정되고 이해될 수 있다.

3

신이 우주와 그 가치의 질서를 관장하고 선과 악을 가르고 모든 사물에 뜻을 부여했던 곳을 서서히 떠나 버릴 때, 돈키호테는 집을 나간다. 이제 그에게 세계는 더 이상 알아볼 수 없는 것이 되었다. 지고의 심판관이 부재하는 이 세계는 돌연 엄청나게 모호한 모습으로 나타난다. 하늘의 유일한 진리는 인간들이 나누어 갖는 수많은 상대적인 진실들로 흩어져 버렸다. 이리하여 근대가 탄생했고 이와 더불어 이 세계의 이미지이며 모델인 소설 또한 탄생했다.

데카르트처럼 생각하는 나를 모든 것의 기반으로, 그리고 우주와 대면한 유일한 존재로 이해하는 태도를 헤겔은 영웅적이라고 판단했다.

세르반테스처럼 세계를 애매성으로 이해하고 유일한 절대 진리가 아니라 서로 모순되는 상대적 진실(가공의 자아를 구현해 내는 진실)들의 더미와 맞서야 한다는 것, 따라서 불확실함의 지혜를 유일한 확실성으로 지닌다는 것은 그에 못지않은 큰 힘을 요구한다.

세르반테스의 위대한 소설이 말하고자 하는 것은 무엇인가? 이 주제에 관해서는 수많은 글들이 있다. 그 가운데에는 이 소설에서 몽롱한 이상주의에 대한 돈키호테의 합리주의적 비판을 볼 수 있다고 주장하는 글도 있다. 또 다른 글들은 이 소설에서 바로 이상주의 자체의 환호를 보기도 한다. 이러한 해석들은 소설의 근본에 대한 질문이 아니라 정신적인 편향을 찾아보려는 것이기 때문에 모두 다 낡아 빠졌다.

인간은 선악이 분명하게 구분되는 세계를 원한다. 이해하기에 앞서 심판하고자 하는 타고난, 억누를 수 없는 욕망이 인간에게 있기 때문이다. 종교와 이데올로기는 바로 이 욕망 위에 수립된다. 이것들은 소설의 상대적이고 애매한 언어를 자기네들의 명확한 교조적 담화로 바꾸지 않고서는 소설을 인정하지 못한다. 이것들은 누군가는 옳다고 주장한다. 안나 카레니나는 옹졸한 폭군의 피해자이거나 부도덕한 여인의 피해자다. 또는 아무 죄도 없는 K가 공정하지 못한 재판에 억눌리거나, 그 법정 뒤에 신의 정의가 숨겨져 있기 때문에 K가 죄인이라는 것이다.

이러한 '또는 – 또는'에는 인간 현상의 본질적인 상대성을 감당할 수 없다는 무력감, 지고의 심판관이 부재함을 직시할 수 없다는 무력감이 담겨 있다. 소설의 지혜(불확실함의 지혜)를 수용하고 이해하기 어려운 것은 이 무력감 때문이다.

4

  돈키호테는 자신 앞에 넓게 열린 세상을 향해 떠났다. 그는 자유로이 세상으로 들어갈 수 있었고, 아무 때건 원하기만 하면 집으로 돌아올 수 있었다. 유럽 최초의 소설들은 무한해 보이는 세계를 편력하는 여행담들이다. 『운명론자 자크와 그의 주인』의 첫 장은 길을 가는 두 주인공을 포착한다. 사람들은 그들이 어디서 오는지, 어디로 가는지 전혀 알지 못한다. 그들은 시작도 끝도 없는 시간 속에 있으며 아무런 경계도 없는 공간, 창창한 미래로 열린 유럽 한가운데 있는 것이다.

  디드로 이후 반세기가 지난 후 발자크에게, 멀리 보이는 지평선은 경찰, 법률, 재정과 범죄 세계, 군대, 국가 같은 '사회제도'라는 현대적 건축물들의 배후로 사라지고 말았다. 발자크의 시대는 더 이상 세르반테스나 디드로 시대의 행복한 여유를 누릴 수 없다. 그것은 사람들이 역사라고 부르는 기차에 실려 있다. 그것에 올라타기는 쉽지만 내리는 것은 쉽지 않다. 그러나 어쨌든 이 기차는 그때만 하더라도 무섭기는커녕 오히려 매력적이기까지 했다. 모든 승객들에게 모험은 물론 원수의 지휘봉까지 약속한 것이었다.

이보다 훨씬 뒤, 엠마 보바리에게 지평선은 마치 울타리처럼 보일 만큼 좁아졌다. 모험은 지평선 너머로 사라져 버렸고 향수는 감당할 수 없게 되었다. 일상의 권태 속에서는 꿈과 몽상만이 중요하다. 잃어버린 외부 세계의 무한함은 영혼의 무한함으로 대치된다. 유럽의 가장 멋진 환상 가운데 하나인, 대체할 수 없는 개인의 독자성이라는 환상이 피어나게 되는 것이다.

그러나 무한한 영혼에 대한 꿈은 역사, 혹은 역사에 담긴 전능한 사회의 초인간적 힘이 인간을 장악하면서 신통력을 잃게 된다. 사회는 더 이상 인간에게 원수의 지휘봉을 약속하지 않는다. 사회가 약속해 주는 것은 겨우 측량사의 지위에 지나지 않는다. 법정 앞에서 K가, 성(城) 앞에서의 K가 과연 무엇을 할 수 있는가? 아무런 대단한 일도 아니다. 하다못해 그가 예전의 엠마 보바리처럼 꿈이라도 꿀 수 있는가? 아니다. 상황이라는 함정은 너무도 무시무시하고 마치 진공청소기처럼 그의 모든 생각과 감정을 빨아들인다. 그가 생각할 수 있는 것은 오직 자신의 재판, 측량사로서의 자기 지위일 따름이다. 무한한 영혼이라는 것은, 설혹 그것이 존재했다 하더라도, 이제는 인간에게 거의 아무 소용도 없는 부속품이 되어 버린 것이다.

5

소설의 행로는 이에 대응하는 근대의 역사로 나타난다. 눈을 돌려 소설의 행로를 돌아보면 기이하게도 짧고 좁아 보인다. 돈키호테, 바로 그자가 세 세기에 걸친 여행 끝에 측량사의 모습으로 변장하고 마을에 돌아온 것은 아닌가? 예전에 그는 스스로 모험을 택해 떠났지만, 이제 성 밑에 있는 마을에서 그가 선택할 수 있는 것은 더 이상 아무것도 없다. 그에게 모험은 하달된다. 고작 서류상의 잘못에 대해 관리와 벌이는 한심한 말다툼이 그의 모험일 뿐이다. 소설의 위대한 첫 번째 주제였던 모험은 세 세기가 지난 후 어찌된 것인가? 자신의 패러디가 되어 버린 것인가? 이것은 무엇을 의미하는가? 어째서 소설의 행로는 역설에 갇혀 버리게 되었는가?

그렇다. 이에 대해 생각해 볼 수 있다. 또한 이러한 역설은 하나가 아니고 무수히 많다. 『훌륭한 병사 슈베이크』는 아마도 마지막 위대한 민중 소설일 것이다. 이 코믹한 소설이 동시에 군대 내부와 전선에서의 사건이 펼쳐지는 전쟁 소설이라는 것이 놀랍지 않은가? 전쟁과 공포가 웃음거리가 되었다면, 도대체 전쟁이 어떻게 달라진 것인가?

호메로스나 톨스토이는 전쟁의 뜻을 완전히 이해하고 있었다. 사람들은 아름다운 헬레네나 러시아를 위해 싸웠다. 슈베이크와 그의 동료들은 이유도 알지 못한 채 전선으로 끌려 나간다. 더욱 충격적인 것은 어느 누구도 이에 대해 아무런 관심을 보이지 않는다는 것이다.

그러나 헬레네나 조국이 아니라면 도대체 전쟁을 끌어가는 동력은 무엇인가? 단지 권력으로 인정받기만을 바라는 단순한 권력인가? 훗날 하이데거가 말하는 '의지의 의지'인가? 그러나 그것은 모든 전쟁의 배후에 언제나 있었던 것이 아닌가? 물론 그렇다. 그러나 이 경우, 하셰크에게 이것은 모든 합리적인 논의에서 벗어나 있다. 아무도, 심지어는 그것을 만든 사람조차도 수다스러운 선전을 믿지 않는다. 힘은 노출되어 있다. 카프카의 소설에서만큼이나 노출되어 있다. 사실 K를 처형한다고 해서 법원이 어떤 이득을 보는 것은 아니며, 마찬가지로 성이 측량사를 못살게 군다고 해서 이득을 보는 것도 아니다. 어째서 어제의 독일과 오늘의 러시아는 세계를 지배하려고 하는가? 더욱 부유해지기 위해서? 더 행복해지기 위해서? 아니다. 권력의 공격성은 완전히 제멋대로이고 아무런 동기도 없다. 그것은 자신이 원하는 것만을 원한다. 비합리적 순수다.

카프카와 하셰크는 근대의 전 기간에 걸쳐 데카르트적 이성이 중세로부터 계승된 모든 가치들을 하나씩 하나씩 좀먹어 들어갔다는 엄청난 역설에 우리를 직면케 한다. 그러나 이성의 완전한 승리의 순간에 세계라는 무대를 장악하는 것은 비합리적 순수(권력은 자신이 원하는 것만을 원하므로)다. 그것은 이를 가로막을 수 있는 공인된 가치 체계가 더 이상 존재하지 않기 때문이다.

헤르만 브로흐의 『몽유병자들』에서 훌륭하게 밝힌 이 역설은 내가 흔히 종말(terminaux)이라 부르는 것 가운데 하나다. 다른 것들도 있다. 예를 들면 근대는 여러 다른 문명으로 나뉜 인류가 언젠가 하나로 화합함으로써 영원한 평화를 찾으리라는 꿈을 가꾸어 왔다. 오늘날 지구의 역사는 마침내 서로 분리될 수 없는 하나의 전체가 되었다. 그러나 인류의 오랜 꿈인 이 통합을 성취하고 보장해 주는 것은 여기저기서 끊임없이 터지는 전쟁, 오직 전쟁일 뿐이다. 인류의 통합이라는 것이 의미하는 바는 어느 누구도, 어디로도 도피할 수 없다는 것이다.

6

　후설이 유럽의 위기와 유럽 인문정신의 소멸 가능성에 대해 언급했던 강연들은 그의 철학적 유언이었다. 그는 중앙 유럽 두 나라의 수도에서 강연을 했다. 이러한 일치는 의미심장하다. 실제로 근대사에 있어 서구가 자신의 죽음을 볼 수 있었던 최초의 장소는 바로 중앙 유럽이다. 더 정확하게 말하자면 바르샤바와 부다페스트, 프라하가 러시아 제국의 수중에 들어가게 됨으로써 유럽의 일부가 잘려 나가는 것이 처음으로 목격된 곳이 바로 여기다. 이러한 불행은 1차 세계대전의 결과로 야기되었는데, 합스부르크 제국이 선포한 전쟁은 이 제국의 종말로 이어졌고 허약해진 유럽을 끊임없이 동요하게 만들었다.

　인간이 자신의 영혼이라는 괴물하고만 싸워야 했던 평화로운 시대는 조이스와 프루스트의 시대를 마지막으로 끝났다. 카프카, 하셰크, 무질, 브로흐의 소설에서 괴물은 바깥에서 온다. 사람들은 그것을 역사라고 부른다. 이 역사는 모험에 나서는 사람들의 행렬과는 더 이상 비슷하지 않다. 비인격적이고 다스릴 수도, 예측할 수도, 이해할 수도 없다. 그런데 아무도 그것에서 빠져나가지 못한다. 바로 이 순간(1차 세계대전 직후)에 중앙 유럽의 위대한 소설가들은 근대의 종말적 역설(paradoxes terminaux)을 느끼고 체험하고 포착했던 것이다.

그러나 그들의 소설을 사회, 정치적 예언이나 오웰의 예언적 소설처럼 읽어서는 안 된다. 오웰이 우리에게 이야기하는 것은 평론이나 팸플릿을 통해서도 그만큼 (어쩌면 오히려 그보다 더 잘) 이야기할 수 있었을 것이다. 그러나 반대로 이 소설가들은 '소설만이 발견할 수 있는 것'을 찾아내는 것이다. 그들은 종말적 역설이라는 상황 속에서 모든 실존적 범주들이 어떻게 돌연히 그 의미를 달리하게 되는가를 보여 준다. K 같은 사람의 자유로운 행위가 완전히 공허한 것이라면 도대체 모험이란 무엇인가?『특성 없는 남자』에 등장하는 지식인들이 이제 자신의 생명을 앗아갈 전쟁에 대해 추호의 의혹도 갖지 않는다면 미래란 무엇인가? 브로흐의 후게나우가 자신이 저지른 살인을 뉘우치기는커녕 그것을 잊어버린다면 죄란 무엇인가? 그리고 이 시대의 유일하게 훌륭한 코믹 소설인 하셰크의 소설이 전쟁을 무대로 한다면, 과연 코믹이라는 것에 있어 무엇이 달라질 것인가? 사랑을 나누는 잠자리에서까지도 K가 성에서 파견된 두 사람과 떨어져 있을 수 없다면, 사생활과 공생활의 차이는 어디에 있는가? 그리고 이 경우 고독이란 무엇인가? 그것은 사람들이 우리로 하여금 그렇게 믿도록 만들고 싶어 하는 부담이고 고통이고 저주인가, 혹은 반대로 막강한 집단성에 억눌린 가장 소중한 가치인가?

'소설사의 시대들은 대단히 길고(그것은 양식의 변덕스러운 변화와는 아무런 상관도 없다.) 소설이 우선적으로 검토하는 존재의 이러저러한 양상에 의해 특징지어진다'고 볼 때 플로베르가 발견한 일상성 속에 담겨 있던 가능성이 활짝 펼쳐진 것은 70년이 지난 뒤인, 제임스 조이스의 웅대한 작품을 통해서다. 50년 전 일군의 중앙 유럽 출신 작가들에 의해 열린 시대(종말적 역설의 시대)가 끝나기는 아직 멀어 보인다.

7

　사람들은 오래전부터 소설의 종말에 대해 많은 이야기들을 해 왔다. 특히 미래주의자나 초현실주의자 같은 거의 모든 전위주의자들이 그랬다. 그들은 소설이 진화하는 과정에서 전혀 새로운 미래를 위해, 그리고 기왕에 존재했던 어떤 것과도 닮지 않은 예술을 위해 사라지게 되리라고 생각했다. 소설은 마치 가난이나 지배 계급이나 낡은 모델의 자동차, 낡은 고깔모자처럼 역사적 정의의 이름으로 땅속에 묻히게 되리라는 것이었다.

　그러나 세르반테스가 근대의 창시자라고 한다면, 그의 유산을 물려받는 목적은 단순히 문학 형식을 역사적으로 이어 가는 것 이상을 의미할 터이다. 그것은 근대의 종말을 예고하는 것이리라. 그렇기 때문에 나에게는 소설의 죽음을 발설하는 사람들이 지어 보이는 흡족해하는 미소가 대단찮아 보인다. 그것이 대단찮아 보이는 까닭은 내가 생애 많은 부분을 지낸, 이른바 전체주의 세계에서 소설의 죽음, 그 잔혹한 죽음(금지, 검열, 사상적 탄압을 통한)을 목격했고 체험했기 때문이다. 소설이 없어질 수도 있다는 것은 그때 더할 나위 없이 분명하게 드러났다. 소설은 근대 유럽과 마찬가지로 사라질 수 있는 것이었다. 인간 현상의 상대성과 애매성에 기초한 이 세계의 모델인 소설은 전체주의적 세계와는 양립할 수 없다. 이 비양립성은 광신자들을 이교도와 구분 짓고 인권 운동가를 고문 기술자와 구분 짓는 비양립성보다 더 골이 깊다. 이것은 정치적이고 도덕적일 뿐만 아니라 존재론적이기도 하기 때문이다. 이것이 의미하는 바는 유일한 진리 위에 기초한 세계와 소설의 애매하고 상대적인 세계는 각기 전혀 다른 방식으로 만들어진다는 사실이다. 전체주의적 진리는 상대성과 의혹과 질문을 제거하고, 따라서 그것은 내가 소설의 정신이라 부르는 것과 어울리지 못한다.

그렇지만 공산주의 국가인 소련에서는 수백수천 종의 소설이 쇄를 거듭하여 간행되어 큰 성공을 거두고 있지 않은가? 그렇다. 그러나 이 소설들은 더 이상 존재의 정복을 추구해 가지 않는다. 실존의 어떤 새로운 면모도 찾아내지 않는다. 단지 이미 이야기되어 있는 것들만을 확인해 줄 따름이다. 이미 한 이야기(해야 하는 이야기)를 확인해 주는 것이 그 소설들이 처한 사회에서의 존재 이유, 영광, 용도인 것이다. 그것들은 아무것도 발견해 내지 않기 때문에 내가 소설의 역사라고 부른 발견의 계승에 더 이상 참여하지 않는다. 그것들은 이 역사의 바깥에 있다. 혹은 소설의 역사 이후의 소설이다.

공산주의 러시아 제국에서 소설의 역사가 멈춘 것은 약 반세기 전이다. 고골에서 벨리에 이르는 방대한 러시아 소설에 비추어볼 때 이것은 엄청난 사건이다. 그러니까 소설의 죽음이란 허황된 생각이 아니다. 이미 발생한 것이다. 그리고 이제 우리는 소설이 어떻게 죽게 되는가를 안다. 그것은 사라지는 것이 아니라 소설의 역사 바깥으로 떨어지는 것이다. 그래서 그 죽음은 조용히, 눈치채지 못하게 이루어지며 어느 누구도 화나게 하지 않는다.

8

그렇다면 소설은 스스로의 내적 논리에 의해 행로의 끝에 이르게 된 것은 아닌가? 이미 모든 가능성과 지식과 형식을 써먹어 버린 것이 아닌가? 나는 소설의 역사를 이미 오래전에 고갈된 탄광에 비유하는 이야기를 들은 적이 있다. 그러나 오히려 소설은 평계 없는 무덤, 불러도 대답 없는 무덤과 흡사한 것이 아닐까? 내가 특히 민감한 부름의 소리에는 네 가지가 있다.

유희의 부름   오늘날 내가 보기에 로렌스 스턴의 『트리스트럼 샌디』와 드니 디드로의 『운명론자 자크』는 18세기의 가장 위대한, 어마어마한 유희로 구상된 소설 두 편인 것 같다. 이들은 가벼움의 두 정상으로서, 그 봉우리에 이른 것은 전무후무한 일이다. 이후의 소설은 그럴듯함의 명령과 사실적 장식과 연대기적 엄격함에 스스로 속박되어, 이미 알려진 것과는 다른 소설의 맥락을 구성할 수 있었던 이 두 걸작에 담긴 가능성을 포기해 버렸다.(그렇다, 유럽 소설의 다른 역사를 생각해 볼 수 있을 것이다…….)

꿈의 부름 잠들어 버린 19세기의 상상력은 돌연 프란츠 카프카에 의해 일깨워졌다. 그는 그에 뒤이어 초현실주의자들이 표방했으나 진실로 성취하지는 못했던 꿈과 현실 뒤섞기에 성공했다. 사실 이것은 이미 노발리스에 의해 예견되었던 소설의 오랜 미학적 욕망이었다. 그러나 이것은 연금술적 기술을 요구하는 일이었고 100년이 지난 후 카프카만이 이 기술을 터득해 냈다. 이 엄청난 발견은 한 흐름의 완성이라기보다는 예기치 않았던 신천지였다. 이것은 소설이 꿈에서처럼 상상력이 발산되는 장소라는 것과, 그럴듯함이라는, 얼핏 보아 도저히 피해 나갈 수 없을 것처럼 보이는 명령을 소설이 뛰어넘을 수 있다는 것을 알 수 있게 해 주었다.

사고의 부름 무질과 브로흐는 소설의 무대에 가장 빛나는 지성을 등장시켰다. 이는 소설을 철학으로 바꾸기 위한 것이 아니라 이야기의 바탕 위에서 인간이라는 존재를 밝혀 줄 수 있는 모든 수단, 합리적이거나 비합리적인, 서술적이거나 명상적인 것을 막론한 모든 수단을 동원하기 위한 것이었고, 그리하여 소설을 가장 지적인 종합체로 만들기 위한 것이었다. 이들의 업적은 소설사의 완성인가, 혹은 먼 여행으로의 초대인가?

시간의 부름 종말적 역설의 시대는 시간 문제에 있어 더 이상 개인적 기억이라는 프루스트적 문제에 국한하지 말고, 마치 늙은이가 지나간 생애를 한눈에 돌아보듯, 몸을 돌이켜 과거를 돌아보고 자신을 결산하려 하며 자신의 역사를 반추하려는 유럽의 시간이라는 집단적 시간의 수수께끼로 넓혀 나가라고 소설가들을 부추긴다. 이제까지 소설을 가두었던 개인적 생애의 시간 제약을 넘어서려는 욕망이나, 소설의 공간 속에 여러 역사적 시기들을 끌어들이고자 하는 욕망(아라공과 푸엔테스는 이미 이를 시도했다.)은 여기서 비롯하는 것이다.

그러나 내가 미래의 소설의 길을 예언하려 하는 것은 아니다. 나는 이에 대해 아무것도 아는 바가 없다. 내가 말하고 싶은 것은, 만일 소설이 정녕 사라진다면 그것은 소설의 힘이 다해서가 아니라 소설이 더 이상 자기 것이 아닌 세계에 처하게 되기 때문이라는 것, 단지 이것뿐이다.

9

신이 심술궂게도 그 성취를 허락하지 않은 지구 역사의 통합이라는 인문주의적인 꿈은 현기증 나는 축소의 과정을 동반한다. 축소라는 흰개미가 오래전부터 인간의 삶을 갉아먹고 있는 것은 사실이다. 위대한 사랑조차도 종국에는 하찮은 추억의 잔해로 축소되는 것으로 끝난다. 그러나 현대 사회의 특성은 이 저주를 흉악하게 강화한다. 인간의 삶은 사회적 기능으로 축소된다. 한 민족의 역사는 몇 개의 사건들로 축소되고 그나마 이 사건들까지도 편향된 해석으로 축소되어 버린다. 사회 생활은 정치적 투쟁으로 축소되고 이는 다시 지구상의 두 강대 세력만의 대결로 축소된다. 인간은 진정 축소의 소용돌이 속에 처했으며, 이 소용돌이 속에서 후설이 말했던 "생활세계"는 치명적으로 깜깜해지고 존재는 망각에 빠지게 된다.

그러나 소설의 존재 이유가 삶의 세계를 영원한 빛 아래 간직하고 우리를 '존재의 망각'으로부터 지키는 것이라면 오늘날 소설의 존재는 그 어느 때보다 더욱 필요한 게 아닐까?

내 생각으로는 그렇다. 그러나 애석하게도 세계의 의미뿐만이 아니라 작품의 의미까지 축소하는 흰개미는 소설마저 갉아먹고 있다. (모든 문화와 마찬가지로) 소설 역시 점점 더 매스미디어의 수중에 장악되고 있다. 지구 역사를 통합하는 작업의 하수인인 매스미디어는 축소 작업을 강화하고 매개한다. 그것은 많은 사람들, 인류 전체가 받아들일 수 있는 단순하고 상투적인 똑같은 내용들을 전 세계에 퍼뜨린다. 그것들이 가진 서로 다른 기관지들이 상이한 정치적 이해 관계를 드러내고 있다는 것은 조금도 중요하지 않다. 이러한 표면적 상이함의 이면에는 동일한 정신이 군림한다. 우익에서 좌익까지 널려 있는 《타임》이나 《슈피겔》 같은 미국이나 유럽 시사 주간지들을 훑어보기만 해도 충분히 알 수 있는 일이다. 그것들에는 모두 삶에 대한 한결같은 비전이 있다. 이 비전은 그 잡지들의 목차, 똑같은 기사, 똑같은 형태, 똑같은 어휘와 똑같은 문체, 똑같은 예술적 취향을 통해, 그리고 중요한 것과 시시한 것을 가리는 똑같은 기준에 의해 반영된다. 매스미디어가 정치적 다양성의 이면에 똑같이 감추고 있는 정신, 그것이 우리 시대의 정신이다. 이 정신은 소설의 정신과 어울리지 않아 보인다.

소설의 정신은 복잡함의 정신이다. 모든 소설은 독자들에게 "사실은 당신이 생각하는 것보다 더 복잡하다."라고 말한다. 소설의 영원한 진실은 이것이지만, 묻기도 전에 존재하면서 물음 자체를 없애 버리는 단순하고 성급한 대답들의 시끄러움 때문에 점점 들리지 않는다. 우리 시대의 정신에서 옳은 것은 안나든지 카레니나든지 둘 중 하나뿐이다. 앎의 어려움과 잡을 수 없는 진실의 어려움에 대하여 우리에게 말하는 세르반테스의 원숙한 지혜는 거추장스럽거나 쓸데없는 것으로 보일 뿐이다.

소설의 정신은 연속의 정신이다. 모든 소설은 그에 앞선 작품들에 대한 대답이며, 소설에 앞선 모든 체험을 담고 있다. 그러나 우리 시대의 정신은 현재에만 고정되었다. 이 현재는 너무 넓고 방대해서 우리의 지평에서 과거를 몰아내고 시간을 현재의 순간만으로 축소해 버린다. 이 같은 체계에 휩쓸린 소설은 더 이상 작품(영속하게 하는 것, 과거를 미래에 결합하는 것)이 아니라 다른 사건들과 다를 바 없는 시사적 사건이며, 내일 없는 몸짓일 뿐이다.

10

이것은 '더 이상 자기 것이 아닌' 세계 속에서 소설이 사라지리라는 것, 유럽이 존재 망각의 암흑 속에 방치되리라는 것, 이제 남은 것이라고는 아무 책이나 닥치는 대로 읽는 자들의 수다와 소설의 역사 이후의 소설들뿐이라는 것을 의미하는 것일까? 잘 모르겠다. 다만 소설이 우리의 시대정신과는 평화롭게 살아갈 수 없다는 것과, 만일 소설이 아직 찾아지지 않은 것을 계속 찾아 나가고자 한다면, 소설이 소설로서 '진보'하고자 한다면, 그것은 세계의 진보에 역행하지 않고서는 불가능하다는 사실은 알 수 있을 것 같다.

전위 문학은 사태를 다르게 보았다. 전위 문학은 미래와 조화를 이루려는 욕망에 사로잡혀 있었다. 전위 예술가들은 작품을 창조했다. 이는 정녕 용감하고 어렵고 고무적이고 환호할 만한 일이다. 그러나 그들은 '시대정신'이 그들과 함께 있으며, 미래가 그들을 정당화해 주리라는 확신으로 창조했던 것이다.

예전에는 나 또한 미래를 우리의 작품과 행위에 대한, 유일하게 자격 있는 심판자로 생각했다. 한참 후에야 나는 미래를 갖고 노는 것이 보수주의의 가장 나쁜 짓이며, 강한 자에 대한 비열한 아첨임을 깨닫게 되었다. 미래는 언제나 현재보다 강하니 말이다. 물론 그것은 우리를 심판할 것이다. 분명 아무 자격도 없으면서.

그러나 미래가 나에게 아무런 가치도 표상해 주지 않는다면 나는 무엇에 집착하는 것인가? 신? 조국? 민족? 개인?

내 대답은 우스꽝스럽지만 그만큼 진지하기도 하다. 나는 세르반테스의 절하된 유산 말고는 그 어떤 것에도 집착하지 않는다.

2부   소설의 기술에 관한 대담

살몽   이 대담을 당신 소설의 미학에 관한 대화의 자리로 만들고 싶군요. 자, 무슨 이야기부터 시작할까요?

쿤데라   먼저 확인부터 하도록 하지요. 제 소설은 심리 소설이 아닙니다. 보다 정확하게 이야기하면 사람들이 흔히 말하는 심리 소설의 미학 바깥에 있지요.

살몽   그렇지만 모든 소설은 필연적으로 심리적이 되는 게 아닐까요? 다시 말해 심리 상태의 수수께끼에 관심을 기울이게 된다는 거죠.

쿤데라   좀 더 정확하게 말해 봅시다. 모든 시대의 모든 소설은 자아의 수수께끼에 관심을 기울입니다. 당신이 어떤 상상의 존재, 인물을 창조해 내는 순간부터 당신은 저절로 '나'는 무엇인가, '나'는 무엇에 의해 포착될 수 있는가라는 물음에 직면하게 되죠. 소설 자체가 지닌 근본적인 물음 가운데 하나입니다. 굳이 말하자면 소설의 역사에서 상이한 경향과 상이한 시대가 구분될 수 있는 것도 이 물음에 대한 상이한 대답에 의해서라고 할 수 있습니다. 유럽 최초의 이야기꾼들은 심리적 접근법이라고는 알지도 못했지요. 보카치오가 우리에게 들려주는 것이란 그저 행동과 모험뿐입니다. 그러나 이 재미난 각각의 이야기들 뒤에는, 사람은 행동에 의해 모두가 서로 그렇고 그런 다람쥐 쳇바퀴 같은 세계에서 벗어날 수 있다는 믿음, 행동에 의해 다른 사람들과 구별되어 한 개인이 될 수 있다는 믿음이 있음을 간파할 수 있습니다. 단테는 "모든 행동에 있어 행위자의 일차적 의도는 자신의 모습을 드러내 보이려는 것이다."라고 말했습니다. 시초에 행동은 그것을 행하는 사람의 초상화로 이해되었지요. 보카치오 이후 400년이 지난 다음 디드로는 좀 더 회의적이 되었습니다. 그의 『운명론자 자크』에서 자크는 친구의 약혼자를 꼬여 내고는 좋아 어쩔 줄을 모릅니다. 아버지가 때리니까 그는 홧김에, 마침 그곳을 지나던 군대에 입대합니다. 첫 전투에서 그는 무릎에 총을 맞아, 죽을 때까지 다리를 절게 됩니다. 실제로는 자신이 불구가 되는 방향으로 나아가는데도 그는 사랑의 모험을 시작한 것이라고 생각했던 거죠. 자신의 행위에서 자신을 인식할 수 없었던 겁니다. 행위와 그의 사이에 틈이 벌어진 것이죠. 사람은 행동을 통해 자신을 나타내는데 이 모습이 전혀 그를 닮지 않은 것입니다. 이 같은 행동의 역설적 성격이야말로 이 소설의 위대한 발견입니다. 그렇다면 '내'가 행동을 통해 포착되지 않는다면, 도대체 어디서 어떻게 포착할 수 있을까요? 이렇게 해서 '나'를 찾고자 하는 소설이 행동의 가시적 세계에서 길을 돌려, 보이지 않는 내면의 삶으로 기우는 계기가 발생하는 것입니다. 18세기 중반 리처드슨은 등장인물이 자신의 생각과 느낌을 토로하는 서한체 소설 형식을 찾아냈지요.

살몽   심리 소설의 탄생인가요?

쿤데라   그 용어는 정말 너무 부정확하고 포괄적이에요. 그 용어를 피하고 풀어서 이야기해 봅시다. 리처드슨은 소설을 인간의 내면적 삶에 대한 탐구의 길로 들어서게 한 것입니다. 우리는 그의 뒤를 이은 위대한 작가들을 알고 있습니다. 『젊은 베르테르의 슬픔』의 괴테, 콩스탕, 그 뒤를 이어 스탕달, 그리고 같은 세기의 작가들이지요. 이러한 흐름의 극점은 프루스트와 조이스에게서 찾을 수 있을 겁니다. 조이스는 이제껏 프루스트의 '잃어버린 시간'보다 더 포착할 수 없는 어떤 것, 즉 현재의 순간을 분석해 내죠. 언뜻 보기에는 현재의 순간만큼이나 분명하고 명확하고 확실한 것은 없어 보이기도 합니다. 그러나 그것은 우리에게서 모두 달아나 버리죠. 삶의 모든 비애는 바로 여기에 있습니다. 단 일 초 사이에 우리의 눈과 귀와 코는(의식적으로건 무의식적으로건) 수많은 사건들을 받아들이고, 또 우리의 머리로는 생각과 느낌 들이 쉴 새 없이 지나갑니다. 매 순간은 뒤이어 오는 순간에 의해 돌이킬 수 없이 망각되는 작은 세계를 표상해 냅니다. 그런데 조이스의 훌륭한 현미경은 이 덧없는 순간을 멈추게 하고 포착해 내서 그것을 볼 수 있게 만든 겁니다. 그러나 자아의 추구는 또 한 번 역설로 끝나 버리고 맙니다. 즉 자아를 관찰하는 현미경의 시야가 커지면 커질수록 자아와 그것의 통일성은 우리에게서 멀어져 버리죠. 영혼을 분자로 분해하는 조이스의 훌륭한 렌즈 아래에서는 우리 모두가 똑같은 존재입니다. 그러나 자아와 그것의 독특한 특성이 인간의 내면적 삶 속에서 포착되지 않는다면 어디서 어떻게 그것들을 포착할 수 있겠습니까?

살몽　그것들을 포착할 수는 있는 건가요?

쿤데라　물론 그렇지는 않죠. 자아의 추구는 언제나 역설적인 불충분함으로 끝나 왔고 또 앞으로도 그렇게 끝날 수밖에 없을 겁니다. 실패라고 말하는 것은 아닙니다. 왜냐하면 소설은 그 자체의 가능성의 한계를 뛰어넘을 수 없는데, 이 한계에 대한 조명 자체가 이미 대단한 발견이고 대단한 인식의 개발이거든요. 자아의 내면적 삶에 대한 정밀한 검토라는 것에 깔린 바닥에 닿은 이후에도 위대한 소설가들은 여전히 의식적으로건 무의식적으로건 새로운 지향을 찾으려 해 왔습니다. 사람들은 종종 현대 소설의 세 성인에 대해 이야기하곤 합니다. 바로 프루스트, 조이스, 카프카지요. 그런데 제 관점으로는 이런 삼위일체는 존재하지 않습니다. 개인적으로 소설에서 경험한 것을 바탕으로 말씀드리자면, 새로운 지향, 프루스트 이후의 지향을 펼친 사람은 바로 카프카예요. 그가 자아를 생각하는 방식은 전혀 예상치 못했던 것이죠. 도대체 K가 무엇에 의해 개별적인 존재로 규정될 수 있겠습니까? 그의 신체적인 외모(전혀 알려지지 않았지요.)에 의해서도 아니고, 개인적인 이력(우리는 이에 대해 전혀 아는 바가 없습니다.)에 의해서도 아니고, 그의 이름(그에게는 이름이라고는 없습니다.)에 의해서도 아니고, 또 그에 대한 추억이나 버릇, 콤플렉스에 의해서도 아닙니다. 그렇다고 그의 행위에 의해선가요? 그의 자유로운 행동의 영역은 측은할 정도로 제한되어 있지요. 그러면 그의 내면적 생각에 의해선가요? 그렇습니다. 카프카는 끊임없이 K의 생각을 뒤쫓습니다. 그러나 이 생각들은 오로지 현재의 상황 속에서만 빙빙 돌 따름입니다. 당장 무엇을 해야 할 것이냐가 문제죠. 조사를 받으러 갈 것인가, 도망칠 것인가? 신부의 부름에 따를 것인가, 말 것인가 등. K의 내면적 삶은 모조리 그를 옭아맨 상황에 휩쓸려 있고, 이 상황을 벗어날 수 있게 하는 것(K의 회상, 형이상학적 성찰, 다른 사람들에 대한 그의 생각)이라곤 아무것도 보이지 않습니다. 프루스트에게 인간의 내면적 세계란 하나의 기적이었고 우리를 끊임없이 경탄케 하는 무한함이었죠. 그러나 카프카의 경이로움은 이런 데 있는 게 아니에요. 그는 인간의 행위를 결정짓는 내적 동기가 어떤 것이냐를 묻지 않습니다. 그가 제기하는 물음은 전적으로 다릅니다. 그의 물음은, 내면적 동기가 더 이상 아무런 무게도 지니지 못하게 될 만큼 외부의 결정이 압도적인 것이 되어 버린 세계에서 아직 인

간에게 남아 있는 가능성이란 어떤 것이냐라는 것이죠. 정말
이지 K에게 동성애적 충동이나 혹은 그 이면에 고통스러운 사
랑 이야기가 있었다 한들, 무엇이 그의 운명이나 태도를 바꾸
어 놓을 수 있었겠습니까? 아무것도 없지요.

살몽 당신은 『참을 수 없는 존재의 가벼움』에서 "소설은
작가의 고백이 아니라, 함정으로 변한 이 세계에서 인간 삶을
찾아 탐사하는 것이다."라고 말씀하셨지요. 그런데 그 덫이란
도대체 무슨 뜻이지요?

쿤데라 삶이 덫이라는 것은 사람들도 항상 알고 있었죠. 사
람은 원하지 않았음에도 태어났고 스스로 택하지 않은 육체
에 갇혀 있다가 결국 죽지요. 그러나 세상이라는 공간은 영원
한 탈출의 가능성을 가져다주었습니다. 병사는 부대에서 탈
영해 이웃나라에 가서 새로운 삶을 시작할 수 있었습니다. 그
런데 우리 시대에 와서 세계는 우리 주위로 갑자기 좁아져 버
렸습니다. 세계가 덫으로 바뀌는 이러한 변화에 있어서 결정
적 계기는 아마 1914년의, 이른바 (역사상 최초의) 세계대전이었
을 거예요. 사실은 가짜 세계대전이죠. 그 전쟁은 유럽에만 국
한되었고 그나마 유럽도 전부는 아니었으니까요. 그러나 '세
계적'이라는 형용사는, 이제 이 지구상에서 일어나는 어떠한
일도 더 이상 국지적일 수 없다는 사실, 모든 재앙은 전 세계
에 파장을 미치게 된다는 사실, 따라서 우리는 점점 더 외부에
의해, 어느 누구도 빠져나갈 수 없고 또 점점 더 우리를 서로

닮아 가게끔 만드는 상황에 의해 결정되리라는 사실 앞에서의 공포감을 한층 더 웅변적으로 표현해 주죠. 제 말을 잘 이해하세요. 제가 이른바 심리 소설의 바깥에 있다고 하는 것은 제가 제 작품 속 인물들의 내면적 삶을 박탈하려는 게 아니에요. 그것들은 제 소설이 우선적으로 추구하고자 하는 것과는 다른 수수께끼, 다른 문제라는 뜻이죠. 또한 제가 심리에 매료된 소설들을 못마땅하게 생각한다는 뜻도 아닙니다. 프루스트 이후의 상황 변화는 저로 하여금 오히려 향수에 젖게 만듭니다. 프루스트와 더불어 큰 아름다움이 우리에게서 서서히 멀어져 간 겁니다. 돌아올 기약 없이 아주 영원히. 곰브로비치는 천재적인 만큼 생각이 기발했지요. 그가 말하기를 우리 자아의 무게는 지구의 인구수에 달렸다는 겁니다. 이런 식으로 하면 데모크리토스는 4억 인류를 대표하고 브람스는 10억, 곰브로비치 자신은 20억 인류를 대표하는 게 되지요. 이러한 산술적 관점에서 본다면 프루스트적 무한함의 무게, 자아의 무게, 자아의 내면적 삶의 무게는 점점 더 가벼워지게 됩니다. 그리고 이런 가벼움으로의 경주 속에서 우리는 숙명적인 한계를 넘어서는 것이죠.

살몽 첫 작품 이래로 당신은 자아의 '참을 수 없는 가벼움'이라는 생각을 줄곧 품어 왔지요. 『우스운 사랑들』이 떠오르는군요. 예를 들어, 거기 수록된 단편 「에드바르트와 신」 같은 작품이요. 젊은 알리체와 사랑을 나눈 첫날밤 이후로 에드바르트는 그의 이야기에 있어 결정적인, 묘한 불안에 사로잡히지요. 그는 여자 친구를 바라보며 생각합니다. "알리체의 생각들이란 것이 사실 그녀의 운명에 접착된 어떤 것일 따름이며, 그녀의 운명도 실은 그녀의 몸에 접착된 어떤 것일 뿐"이다, 그래서 "그녀는 이제 그에게 단지 몸과 생각과 살아온 세월의 우연한 조합, 비유기적이고 임의적이며 불안정한 조합일 뿐으로만 보였다."라고요. 그리고 또 다른 단편인「히치하이킹 게임」의 마지막 부분에서 여주인공은 자신의 불확실한 정체성에 혼란스러운 나머지 거듭 "나는 나야, 나는 나야, 나는 나야……."라고 울부짖지요.

쿤데라　『참을 수 없는 존재의 가벼움』에서 테레자는 거울에 자신을 비추어 봅니다. 그러면서 그녀는 만일 자신의 코가 매일 1밀리미터씩 길어지면 어떻게 될까 하는 생각을 해 봅니다. 얼마나 시간이 지나야 자신의 얼굴을 알아볼 수 없게 될까? 그리고 만일 그녀의 얼굴이 더 이상 테레자와 닮지 않았다면, 그래도 테레자는 여전히 테레자일까? 도대체 어디서 어디까지가 나일까 하는 생각들이죠. 당신도 보시다시피 영혼의 무한한 신비 앞에는 놀라울 것이라곤 없습니다. 놀라움은 차라리 자아와 그 불확실한 정체성에 있는 것이죠.

살몽　당신의 소설에는 내적 독백이라고는 전혀 없는데요.

쿤데라　조이스는 블룸의 머릿속에 마이크를 설치해 놓았죠. 내적 독백이라고 하는 이 환상적인 도청기 덕택에 우리는 우리가 무엇인가에 대해 엄청나게 많은 것을 알아냈습니다.
그러나 저는 이런 마이크를 잘 써먹을 수가 없군요.

살몽 조이스의 『율리시스』에서는 내적 독백이 작품 전체
를 일관하지요. 말하자면 구성의 바탕이고 지배적인 방식인
데, 당신의 소설에서는 철학적인 명상이 이런 역할을 하는 건
가요?

쿤데라 '철학적'이라는 말은 좀 적절하지 않은 것 같군요.
철학은 인물도 상황도 없는 추상적인 공간에서 자신의 생각
을 발전시켜 나가는 것이거든요.

살몽 당신은 『참을 수 없는 존재의 가벼움』을 니체의 영원
회귀에 대한 성찰에서부터 시작합니다. 이렇듯 인물도 상황
도 없이 추상적 방식으로 펼쳐진 것이 철학적 명상이 아니라
면 대체 뭐죠?

쿤데라 아녜요, 아녜요. 그 성찰은 소설 첫 줄에서부터 토마
시라는 한 인물의 근본적인 상황을 바로 끌어들이는 겁니다.
영원회귀가 존재하지 않는 이 세계에서 존재의 가벼움이라는
그의 문제를 드러내는 겁니다. 자, 마침내 우리는, 이른바 심
리 소설이라는 것 외에 어떤 것이 있느냐는 우리의 문제로 되
돌아왔군요. 달리 말하면 심리적인 방식 외에 자아를 포착할
수 있는 다른 방식은 어떤 것이냐라는 게 될 수 있겠지요. 제

소설에서 자아를 포착한다는 것은 실존의 본질적 문제를 포착한다는 의미입니다. 그 실존적 약호(code existentiel)를 포착한다는 거죠.『참을 수 없는 존재의 가벼움』을 쓰면서 저는 이런저런 인물의 약호가 몇 가지 열쇠어로 이루어져 있다는 것을 깨달았습니다. 테레자에게 그것은 육체, 영혼, 현기증, 허약함, 목가, 낙원 같은 것들이죠. 토마시에게는 가벼움, 무거움이고요. 이해받지 못한 말들이라는 제목이 붙은 장(章)에서 저는 여자, 정조, 배신, 음악, 어둠, 빛, 행렬, 아름다움, 조국, 공동묘지, 힘 등과 같은 말들을 분석함으로써 프란츠와 사비나의 실존적 약호를 검토해 보았습니다. 이 말들 하나하나가 다른 사람의 실존적 약호 속에서는 전혀 다른 의미를 갖습니다. 이 약호들이 추상적으로만 검토되는 것은 절대 아닙니다. 행동과 상황을 통해 점차 나타나지요.『삶은 다른 곳에』3부를 예로 들어 볼까요. 소심한 성격의 주인공인 야로밀은 아직 동정입니다. 어느 날 여자 친구와 함께 산책을 하다 그녀가 갑자기 그의 어깨에 머리를 기대죠. 그는 더할 나위 없이 행복해져서 육체적으로 흥분하지요. 저는 이 작은 사건에 주의를 기울여 "야로밀이 이제껏 겪은 가장 큰 행복이란 바로 어깨에 그 소녀의 머리가 놓이는 것을 느낀 것"이라는 것을 확인했습니다. 그다음부터는 야로밀의 에로티시즘을 포착하고자 했죠. "젊은 여인의 머리는 그에게 있어 젊은 여인의 몸뚱이 그 이상을 의미하는 것이었다."라고 말이죠. 분명히 해 두고 싶은 것은 이것이 그에게 육체는 아무래도 상관없다는 것을 의미하지는 않는다는 겁니다. 이것은 "그는 여자의 벗은 몸을 욕망하지 않았다. 벗은 몸으로 인해 빛나는 얼굴을 욕망했다. 그는 여자의 몸을 소유하기를 욕망하지 않았다. 여자의 얼굴을 가지고 싶었고 이 얼굴이 사랑의 증거로 그에게 몸을 선사하기를 바랐”음을 의미하는 겁니다. 저는 이러한 태도에 이름을 붙여 주고자 했지요. 그래서 달콤한 사랑이라는 말을 택하게 된 겁니다. 그러고 나서는 도대체 달콤한 사랑이란 뭘까 하고 궁리하게 되었습니다. 그리고 이런 답을 얻어 내게 되었죠. 즉 “달콤한 사랑이란 우리가 성인으로 넘어가는 문턱에서, 그리고 아이였을 때는 알지 못했던 유년의 좋은 점들을 깨달으며 가슴 아파하는 나이가 될 때, 그때 태어나”죠. 또한 “달콤한 사랑, 이것은 성인의 나이가 우리에게 불러일으키는 공포”죠. 또 다른 정의도 있습니다. “달콤한 사랑, 이것은 다른 사람이 어린아이로 다뤄지는 인공적인 공간을 만들어 내고자 하는 시도다.” 보시다시피 저는 야로밀의 머릿속에서 일어나는 일들을 보여 주는 것이 아니라 제 머릿속에서 일어나는 일들을 보여 주는 겁니다. 제가 만든 인물인 야로밀을 오랫동안 관찰한 후 저는 한 걸음씩 그의 태도의 심장부로 접근해 그 태도를 이해하고 그것에 이름을 붙여 주고 그것을 포착하는 것이죠.

『참을 수 없는 존재의 가벼움』에서 테레자는 토마시와 함께 삽니다. 그런데 그 사랑은 그녀가 젖 먹던 힘까지 기울여야 할 만큼 힘이 듭니다. 마침내 더 이상 버틸 수 없게 된 그녀는 원래 그녀의 출신인 ‘저속한’ 곳으로 돌아가고자 합니다. 그래서 저는 묻습니다. 도대체 그녀에게 무슨 일이 일어난 건가. 그러고는 답을 찾아냅니다. 그녀는 현기증을 느끼는 거라는.

그런데 현기증이라는 건 뭐죠? 저는 그 정의를 찾아내서 "쓰러지고 싶은, 막막하면서도 이겨 낼 수 없는 욕망"이라고 말합니다. 그러나 금방 저는 생각을 고쳐서 그 정의를 "현기증을 느낀다는 것은 자신의 허약함에 도취되는 것이다. 자신의 허약함을 의식하고 그에 저항하기보다는 투항하고 싶은 것이다. 자신의 허약함에 취해 더욱 허약해지고 싶어 하며 모두가 지켜보는 앞에서 백주 대로에 쓰러지고 땅바닥에, 땅바닥보다 더 낮게 가라앉고 싶은 것이다."라고 명확히 합니다. 현기증은 테레자를 이해하는 열쇠예요. 당신이나 저를 이해하기 위한 열쇠어는 아니죠. 그렇지만 당신이나 저나 적어도 이런 종류의 현기증이 우리의 가능성이라는 것, 실존의 가능성이라는 것은 알지요. 저로서는 이런 가능성, 이 현기증을 이해하기 위해서 테레자라는 '실험적 자아'를 만들어 내야만 했던 겁니다.

그러나 특정한 상황에서만 이런 식으로 질문을 제기하는 게 아니에요. 실제로는 소설 전체가 하나의 긴 물음이지요. 명상적 의문(의문적 명상)은 제 모든 소설의 구성 기반이지요. 『삶은 다른 곳에』에 대해 잠깐 이야기해 봅시다. 이 소설의 원래 제목은 서정 시대였습니다. 그런데 제목이 따분하고 무미건조하다는 친구들의 강권에 따라 막판에 가서 제목을 바꿨죠. 그들에게 양보함으로써 저는 바보짓을 했던 겁니다. 사실 저는 어느 소설의 주된 영역을 제목으로 택하는 것이 매우 좋다고 생각해요. 『농담』, 『웃음과 망각의 책』, 『참을 수 없는 존재의 가벼움』 등. 심지어는 『우스운 사랑들』 같은 것도 그래요.

이 제목을 재미있는 사랑 이야기 정도로 이해해서는 안 됩니다. 사랑에 대한 생각은 항상 진지한 것과 결합되어 있지요. 그런데 '우스운 사랑'이란 진지한 것이 결여된 범주에 속하는 사랑입니다. 현대인들이 사랑에 대해 주로 하는 생각이지요. 어쨌든 다시 『삶은 다른 곳에』에 관한 이야기로 돌아갑시다. 이 소설은, 서정적 태도란 어떤 것이냐, 서정 시대의 젊음이란 무엇이냐, 서정성 – 혁명 – 젊음이라는 삼각 결혼의 의미는 무엇이냐, 시인이라는 것은 무엇이냐 등의 여러 물음 위에 놓여 있는 겁니다. 이 소설을 쓸 때 제가 작업의 가설로 삼았던 한 가지 정의가 생각나는군요. 제가 수첩에 적어 놓았던 것인데, 뭔가 하면 "시인이란 그가 들어갈 수 없는 세상에 어머니에 의해 이끌려 들어와 이 세상에 자신을 드러내게 된 젊은이다."라는 것이죠. 아시겠지만 이 정의는 사회학적인 것도 아니고 미학적인 것도 아니고 심리적인 것도 아닙니다.

살몽 현상학적이군요.

쿤데라 그 표현도 나쁘지는 않군요. 하지만 저는 그 말은 쓰지 않겠습니다. 전 예술을 철학이나 이론적 경향들의 한 갈래에 불과한 것으로 보는 분들을 대단히 무서워합니다. 소설은 프로이트 이전에 이미 무의식을 알았고 마르크스 이전에 이미 계급투쟁이라는 걸 알았으며 현상학자들 이전에 벌써 현상학(인간적 상황의 본질에 대한 탐구)을 실천했습니다. 그 어떤 현상학자도 알지 못했던 '현상학적 기술'이 프루스트에게서는 얼마나 멋지게 나옵니까!

　　살몽　잠시 정리를 해 보죠. 자아를 포착하는 방법에는 여러 가지가 있다. 우선 행동에 의해서. 그리고 내면적 삶 속에서. 한편 당신은 자아라는 것은 그 실존적 문제의 본질에 의해 결정된다고 주장하는 거죠. 당신에게 있어 이러한 태도는 많은 결과들을 낳습니다. 예를 들면 상황의 본질을 이해하려는 당신의 열성 때문에 당신 눈에는 모든 묘사 기법이 낡아 버린 것으로 보이는 모양이군요. 당신은 인물들의 생김새에 대해서는 거의 아무런 언급도 하지 않지요. 또 심리적 동기에 대한 추적에 있어서도 당신은 상황 분석만큼 관심을 갖지 않기 때문에 인물들의 과거에 대해서도 그만큼 인색하지요. 지나치게 추상적인 당신의 이야기 방식이 인물 성격의 생동감을 떨어뜨릴 위험은 없나요?

　　쿤데라　똑같은 질문을 카프카나 무질에게 던져 봅시다. 사실 무질에게는 이미 제기되었던 물음입니다. 가장 식견 있는 사람들까지도 그가 진정한 소설가가 아니라고 비난했지요. 발터 벤야민은 그의 지성에 대해서는 찬양했지만 그의 예술에 대해서는 찬양하지 않았습니다. 에두아르 로디티는 그의 인물들에 생명이 없다고 생각하여 프루스트를 그가 따라야 할 모범으로 제시했지요. 디오티마와 비교했을 때 베르뒤랭 부인은 얼마나 생동감 있고 박진감 있느냐는 거죠. 사실 지난 200년 동안의 심리적 리얼리즘은 거의 어길 수 없는 몇 가지 규범을 만들어 냈습니다. 첫째, 생김새, 말투, 행동거지 등 인물에 관한 최대한의 정보를 줘야 한다. 둘째, 인물의 과거를 알 수 있게 해 줘야 한다. 왜냐하면 그의 현재 행동의 모든 동기는 거기서 찾을 수 있는 것이므로. 셋째, 인물에겐 전적인 독자성이 있어야 한다. 다시 말해 공상에 젖어들고 허구를 사실처럼 생각하고 싶어 하는 독자들을 방해하지 않기 위해 작가와 작가의 생각은 사라져야 한다는 것들이죠. 그런데 무질은 소설과 독자 사이에 맺어진 이러한 오랜 계약을 깨뜨려 버렸습니다. 그리고 그와 함께 다른 작가들도 그랬죠. 브로흐의 가장 성공적 인물인 에슈의 외모에 대해 우리가 아는 게 뭐가 있습니까? 아무것도 없죠. 단지 그의 치아가 컸다는 것 외에는. 또 K나 슈베이크의 어린 시절에 대해 아는 게 있습니까? 그리고 무질이나 브로흐나 곰브로비치, 이들은 자신들의 생각의 형태로 소설 속에 나타나는 것을 조금도 꺼려하지 않습니다. 소설의 인물은 살아 있는 존재의 모방이 아니에요. 상상적 존재지요. 실험적 자아고요. 이렇게 하여 소설은 그 시작과 함께 다시 태어나는 겁니다. 돈키호테를 실제 인물이라고 생각하기는 무척 어렵지요. 그러나 우리 기억에서 그보다 더 생생한 인물이 누가 있습니까? 제 말뜻을 잘 이해하세요. 저는 독자와 그들이 지닌 욕망, 즉 소설의 상상적 세계에 실려 간혹 그것을 실제와 혼동하고 싶은, 소박한 만큼이나 정당한 욕망을 비웃는 게 아닙니다. 그렇지만 저는 그것에 심리적 리얼리즘의 기법이 필수불가결하다고는 생각하지 않습니다. 저는 열네 살에 처음으로 『성』을 읽었죠. 그리고 그 시절 저는 집

가까이 살던 한 아이스하키 선수를 숭배했습니다. 전 그의 인상을 통해 K의 모습을 상상했죠. 오늘날까지도 그의 모습은 이런 식으로 떠오릅니다. 제가 말하고자 하는 것은 독자의 상상력이 저절로 작가의 상상력을 보완하게 된다는 겁니다. 토마시는 금발입니까? 갈색 머리입니까? 그의 아버지는 부자였나요, 가난했나요? 당신 스스로 선택하세요!

살몽　그렇지만 당신도 언제나 이런 규칙을 지키는 건 아니죠.『참을 수 없는 존재의 가벼움』에서, 토마시에게는 실제로 거의 과거가 없다 하더라도, 테레자는 그녀 자신의 어린 시절뿐만 아니라 그 어머니의 어린 시절까지를 통해서 드러났잖아요!

쿤데라　소설에 이런 구절이 있습니다. "그녀의 삶도 어머니 삶의 연장인 것 같다는 인상을 받았다. 당구공의 움직임이 당구 치는 사람의 팔 동작의 연장선상에 있듯이 말이다." 그러니까 제가 테레자의 어머니에 대해 언급한 것은 테레자에 관한 정보 목록을 만들기 위해서가 아니라, 그녀의 어머니가 소설의 주된 테마이기 때문이고 테레자는 "어머니의 연장"에 지나지 않으면서 이 때문에 고통을 당하기 때문인 거죠. 우리는 또한 그녀의 유방이 조그맣고 "젖꼭지 주위의 돌기는 성에 굶주린 사람들을 위하여 음란한 그림을 그렸을 촌뜨기 화가가 그린 것처럼 넓고 빛깔이 짙다"는 것을 압니다. 이런 정보는 필수불가결한데, 그 까닭은 그녀의 육체가 테레자의 또 하나의 큰 테마이기 때문이죠. 반대로 그녀의 남편인 토마시의 경우 어린 시절이나 아버지, 어머니, 가족 등에 대해 전혀 이야기하지 않았습니다. 또 그의 생김새나 몸매도 전혀 우리에게 알려지지 않았는데, 이건 그의 실존적 문제의 본질이 전혀 다른 테마에 뿌리를 두기 때문이죠. 이렇게 아무런 정보가 없다고 해서 그에게 '생동감'이 덜한 것은 아닙니다. 인물에게 생동감을 부여한다는 것은 그의 실존적 문제의 끝까지 간다는 의미이고, 또 이것은 여러 상황과 모티프, 심지어는 그를 이루는 몇몇 단어에까지 간다는 의미 외에 더 이상은 없으니까요.

살몽 그러니까 소설에 대한 당신의 생각은 실존에 대한 시적 명상이라고 정의할 수 있을 것 같군요. 그렇지만 당신의 소설들이 언제나 이렇게 이해되었던 것은 아니죠. 당신의 소설에서 사람들은 사회적, 역사적, 혹은 이데올로기적으로 해석할 수 있는 많은 정치적 사건들을 찾아 보기도 하지요. 사회의 역사에 대한 당신의 관심과, 소설은 무엇보다 실존의 수수께끼를 푸는 것이라는 신념을 어떻게 조화시키나요?

쿤데라 하이데거는 실존의 성격을 세계 – 내(內) – 존재라는 잘 알려진 명제로 규정했죠. 사람이 세계와 관계를 맺는 방식은 주체가 객체에 대하여 맺는 방식이나 눈과 그림 사이의 방식과는 달라요. 배우와 무대 장치 사이의 관계 방식과도 다르죠. 사람과 세계는 마치 달팽이와 달팽이 껍질의 관계처럼 결속되어 있어요. 세계는 인간의 일부를 구성합니다. 그것은 인간의 크기입니다. 그러니까 세계가 변함에 따라 실존(세계-내-존재)도 변하기 마련입니다. 발자크 이후로 우리 존재의 '세계(Welt)'는 역사적 성격을 지니게 되었고, 인물들의 삶은 날짜들로 구획된 시간의 공간 속에서 이루어지게 되었습니다. 이제 소설은 이 같은 발자크의 유산에서 결코 벗어날 수 없게 되었습니다. 전혀 사실 같지 않은 공상적인 이야기들을 만들어 내고 그럴듯함의 모든 규칙들을 무시해 버리는 곰브로비치조차도 이 유산에서 벗어나 있지 못합니다. 그의 소설들은 날짜가 정해진 시간, 그러니까 완벽히 역사적인 시간 속에 자리 잡고 있으니까 말이죠. 그러나 두 사실을 혼동해서는 안 됩니다. 소설에는 인간 실존의 역사적 차원을 검토하는 소설과 다른 한편으로는 어떤 역사적 상황을 설명하고 특정한 시기의 사회를 묘사하는 소설, 즉 소설화된 역사적 연대기로서의 소설이 있습니다. 당신도 프랑스 혁명에 관한 소설이나 마리 앙투아네트에 대한 소설, 혹은 1914년이나 소련의 집단화(이에 찬성하든 반대하든 간에), 또는 1984년에 대한 소설을 모두 아시겠지요. 이런 것들은 모두 비소설적인 지식을 소설 언어로 옮겨 놓은, 대중화를 위한 소설이지요. 그러나 거듭 되풀이하는 말이지만, 소설의 유일한 존재 이유는 소설만이 할 수 있는 말을 하는 겁니다.

살몽   그러나 소설이 역사에 대해 특별히 할 수 있는 말이란 게 뭘까요? 아니면 당신은 역사를 어떻게 다루시나요?

쿤데라   저 나름대로 몇 가지 원칙이 있습니다. 첫째, 저는 모든 역사적 정황들을 최대한 경제적으로 취급합니다. 역사에 대해 저는 마치 무대 장치가가 추상적인 장면을 행동에 반드시 필요한 몇 가지 소품들로 처리하는 것처럼 행동합니다.

두 번째 원칙은 여러 역사적 정황들 중에서 제 인물들의 실존적 상황을 이해할 수 있게 해 주는 것에만 관심을 둔다는 것입니다. 예를 들면『농담』에서 루드비크는 그의 친구들과 동급생들이 그를 대학에서 쫓아내고 그리하여 그의 인생을 망쳐 버리기 위한 표결에서 아주 쉽게 손을 드는 모습을 봅니다. 분명 그들은 필요하기만 하다면 그를 교수형에 처하는 것까지도 그렇게 간단히 표결할 수 있었을 겁니다. 여기서 인간에 대한 그 나름의 정의가 생기게 됩니다. 즉 인간이란 어떤 상황에서라도 자기의 이웃을 죽음으로 몰아넣을 수 있는 존재라는 거죠. 루드비크의 근본적인 인류학적 체험에는 이렇듯 역사적 뿌리가 있지만, 저는 역사 자체(당의 역할, 테러의 역사적 근원, 사회 제도의 조직 등과 같은)에 대한 묘사에는 관심이 없고 그래서 제 소설에도 그에 대한 묘사는 없지요.

세 번째 원칙은 역사적 연대기는 사회의 역사를 기록하지 인간의 역사를 기록하지 않는다는 겁니다. 제 소설에서 이야기된 역사적 사건들이 흔히 사료에서 빠진 까닭은 바로 이런 겁니다. 예를 들면 1968년 체코슬로바키아에 소련군이 침공한 후 인민들에 대한 테러 이전에 있었던 일은 개를 조직적으로 도살하는 것이었습니다. 역사가들이나 정치학자들에게는 완전히 잊힌 에피소드이고 또 전혀 중요하지 않은 거겠죠. 하지만 인간적 차원에서의 의미는 더할 나위 없이 큽니다! 바로 이 단 하나의 에피소드만으로 저는 『이별의 왈츠』의 역사적 분위기를 암시했던 겁니다. 다른 예를 하나 더 들까요. 『삶은 다른 곳에』의 결정적인 순간에 역사는 누추하고 지저분한 팬티라는 형태로 끼어듭니다. 그 당시는 그런 것 외에는 없었으니까요. 일생 중 가장 멋지고 에로틱한 순간에 팬티 때문에 망신당할 것을 걱정한 나머지 야로밀은 옷을 벗을 엄두를 내지 못하고 자리를 피해 버리죠. 누추함! 잊혀 버렸지만 공산주의 체제에서 살 수밖에 없었던 사람에게는 대단히 큰 의미가 있는 또 다른 역사적 정황인 셈이죠.

하지만 가장 광범위한 것은 네 번째 원칙입니다. 그 원칙이란, 역사적 정황은 소설 속 인물에게 새로운 실존적 상황을 만들어 주어야 할 뿐만 아니라, 역사는 그 자체가 실존적 상황으로 이해되고 분석되어야 한다는 겁니다. 예를 들죠. 『참을 수 없는 존재의 가벼움』에서 알렉산드르 둡체크는 소련군에 체포, 납치되어 투옥되었다가 협박을 받아 하는 수 없이 브레즈네프와 협상을 하고는 프라하로 되돌아옵니다. 그는 라디오를 통해 연설을 하지만 말을 할 수가 없습니다. 그는 호흡을 가다듬어 말하는 도중에 고통스럽게 멈추곤 합니다. 이러한 역사적 에피소드가 (더구나 완전히 잊혔기도 하지요. 왜냐하면 두 시간 후 방송은 그 연설에서 침통하게 끊어진 부분들을 지워 버려야 했으니까요.) 제게 의미하는 것은 나약함입니다. 실존의 매우 일반적인 범주로서의 나약함이죠. "사람은 보다 큰 힘 앞에서는 언제나 나약해지기 마련이지요. 설혹 둡체크가 운동선수같이

건장했다 하더라도 말입니다." 테레자는 자신을 조롱하고 경멸하는 이런 나약한 광경을 지켜볼 수가 없어서 이민을 가려는 것이죠. 그러나 토마시의 바람기 앞에서 그녀는 브레즈네프 앞에서의 둡체크와 다를 바 없습니다. 속수무책이고 약할 수밖에 없죠. 또 이미 당신은 현기증이 뭔지도 알죠. 자신의 나약함에 도취되어 버리는 것, 쓰러져 버리고 싶은 이겨 낼 수 없는 욕망 말이죠. 불현듯 테레자는 "자신이 약한 사람들의 편, 약한 사람들의 진영, 약한 사람들의 나라에 속했다는 것, 따라서 그들이 약자이고 연설 중에 연신 숨을 돌리는 사람들이기 때문에 자신은 반드시 그들에게 충실해야 하리라"는 것을 깨닫게 됩니다. 그래서 자신의 나약함에 도취된 그녀는 토마시의 곁을 떠나 프라하로, 즉 "약한 사람들의 도시"로 돌아오는 겁니다. 여기서 역사적 상황은 배경이나 그 앞에서 인간적 상황이 벌어지는 장식물이 아니라 그 자체가 인간적 상황이고 확대되어 가는 실존적 상황이지요.

마찬가지로 『웃음과 망각의 책』에서도 프라하의 봄은 정치적, 역사적, 사회적 차원에서 묘사되는 것이 아니라, 사람(한 세대의 사람들)이 행동(혁명)하는데 행동은 그에게서 벗어나 더 이상 그의 뜻을 따라 주지 않기 때문에(혁명은 흥분하게 만들고 죽이고 파괴한다.) 어떻게든 이 고분고분하지 않은 행동(세대는 저항적이고 혁명적인 운동을 수립한다.)을 통제하려 하지만 결국 헛수고에 그치고 마는 근본적인 실존적 상황으로 묘사되었습니다. 한 번 우리에게서 벗어난 행동은 결코 다시 잡을 수 없는 거죠.

살몽 그 말씀을 들으니까 처음에 언급하셨던『운명론자 자크』의 상황이 생각나는군요.

쿤데라 그러나 지금의 경우에서 문제가 되는 것은 집단적, 역사적 상황이죠.

살몽 당신의 소설을 이해하기 위해서는 체코슬로바키아의 역사를 알아야 하나요?

쿤데라 아녜요. 알아야 하는 모든 것은 소설이 직접 말해 줍니다.

살몽 소설을 읽는 데에는 역사적 지식이 필요하지 않나요?

쿤데라 유럽의 역사가 있지요. 1000년부터 지금까지 그것만이 유일한 공동의 모험입니다. 우리는 유럽 역사의 일부고 개인적이든 국가적이든 우리 모든 행위의 결정적 의미는 유럽 역사와의 관련을 통해서만 드러납니다. 에스파냐 역사를 모르고서도『돈키호테』를 이해할 수는 있습니다. 그러나 아무리 개괄적이라 하더라도 유럽 역사의 모험, 예컨대 기사도 시대에 대한 이해나 궁정에서의 우아한 사랑이나 중세에서 근대로의 이행에 대한 이해 없이 그것을 이해할 수는 없죠.

살몽 『삶은 다른 곳에』에서 야로밀의 생애 각 단계는 랭보,

키츠, 레르몬토프 같은 사람들의 일대기의 단편들과 맞닿아 있지요. 프라하에서 5월 1일의 시가 행진은 1968년 파리의 학생 시위와 뒤섞여 있습니다. 당신은 이런 식으로 당신의 주인공에게 전 유럽을 포괄하는 드넓은 무대를 만들어 주려는 것이죠. 그렇지만 당신의 소설은 프라하에서 전개됩니다. 그리고 1948년 공산주의자들의 무장 폭동에서 클라이맥스에 이르지요.

쿤데라　제 생각에는 그 자체가 유럽 혁명이 집약된 소설입니다.

살몽　유럽 혁명이라고요? 이 폭동이요? 더구나 모스크바에서 수입된 것이?

쿤데라　아무리 정당하지 않다 하더라도 그 폭동은 혁명으로 체험되었지요. 모든 수사와 환상, 그에 대한 반사 작용, 그 장거(壯擧)와 죄악까지를 포함한 모든 것이 오늘의 저에게는 유럽의 혁명 전통을 패러디적으로 압축하는 것으로 보입니다. 유럽 혁명 시대의 연장이며 그로테스크한 완성으로 보인다는 말이지요. 마찬가지로 소설의 주인공이자 빅토르 위고와 랭보의 '연장'인 야로밀은 유럽 시(詩)의 그로테스크한 완성인 것이죠.『농담』에서 야로슬라프는 대중 예술이 사라져가는 시대에서 1000년에 걸친 대중 예술의 역사를 이어나가는 것이죠.『우스운 사랑들』에서 하벨 박사는 방탕이 더 이상

가능하지 않은 시대의 돈후안이고요. 『참을 수 없는 존재의 가벼움』에서 프란츠는 유럽 좌익 진영의 마지막 위대한 행진의 우울한 메아리인 셈이죠. 그리고 보헤미아 지방 한 외딴 마을의 테레자는 고국에서의 모든 공적 생활로부터 잠적해 버린 것일 뿐만 아니라 "자연의 주인이자 소유자인 인류가 행진을 계속하는 길"에서부터도 물러나 버린 겁니다. 이 인물들 모두는 자신의 개인적 역사만이 아니라 유럽의 모험이라는 초개인적인 역사까지 완성하려는 겁니다.

살몽 그것이 의미하는 바는 당신 소설이 이른바 '종말적 역설의 시대'라는 근대의 마지막 무대에 자리 잡고 있다는 거죠.

쿤데라 그렇게 생각할 수도 있겠지요. 하지만 한 가지 오해는 피하도록 합시다. 제가 『우스운 사랑들』에서 하벨 박사의 이야기를 썼을 때, 제게는 방탕의 모험이 끝나 버린 시대의 돈후안 같은 바람둥이에 대하여 이야기하고 싶다는 의도는 없었습니다. 저는 흥미 있어 보이는 이야기를 썼던 거죠. 그게 다예요. 종말적 역설이니 뭐니 하는 것들에 대한 생각은 소설에 앞선 것이 아니라 소설에 뒤따라오는 거죠. 『참을 수 없는 존재의 가벼움』을 쓰면서 모두들 어떤 식으로든 세상으로부터 물러나게 되는 인물들로부터 착상을 얻은 저는 인간이 세계의 주인이고 소유자라는 데카르트의 유명한 명제의 운명에 대해 생각해 보았죠. 과학과 기술이 많은 기적을 이루는 데 성공한 후로 이 '주인 겸 소유자'는 문득 그가 지닌 것이라곤 아무것도 없으며 자신은 자연의 주인도 아니고(자연은 서서히 이 지구상에서 없어져 가니까요.) 역사의 주인도 아니며(역사는 인간에게서 벗어나지요.) 자기 자신의 주인도 아니라는 것(인간은 영혼이라는 비합리적인 힘의 인도를 받습니다.)을 깨닫게 되었죠. 신도 사라져 버렸고 인간도 더 이상 주인이 아니라면 도대체 주인은 누굽니까? 지구는 주인 없이 공허 속을 전진하고 있는 겁니다. 바로 이것이 참을 수 없는 존재의 가벼움이죠.

살몽   그러나 오늘날의 시대에서 무엇보다 중요한 특별한 계기, 즉 종말의 계기를 본다고 하는 것은 자기중심적인 환영이 아닐까요? 유럽인들이 종말과 묵시록의 세계에 살고 있다고 생각했던 게 벌써 몇 번입니까!

쿤데라   모든 종말적 역설에는 종말 자체의 종말적 역설이 있는 겁니다. 어떤 현상이 이제 머지않아 사라지리라는 것을 예고하면 많은 사람들이 그걸 알고 슬퍼하기까지 합니다. 죽음은 보이지 않게 되지요. 강이니 종달새니 들판을 가로지르는 길이니 하는 것들은 이미 오래전에 사람들의 머리에서 사라져 버렸습니다. 그런 걸 필요로 하는 사람은 더 이상 아무도 없으니까요. 이제 내일 지구상에서 자연이 없어져 버린다 한들 누가 그걸 느끼겠습니까? 옥타비오 파스나 르네 샤르의 후계자들은 어디에 있습니까? 또 위대한 시인들은 어디에 있습니까? 그들은 사라져 버린 건가요, 아니면 그들의 목소리가 더 이상 들리지 않게 된 건가요? 어떤 경우건 예전 같으면 시인을 빼놓는다는 것은 생각할 수도 없었던 유럽으로서는 의미심장한 변화입니다. 그러나 사람들이 시의 필요성을 잃어버렸다고 해서 시의 소멸을 느끼게 될까요? 종말이란 묵시록적인 폭발이 아닙니다. 어쩌면 종말보다 더 평화로운 것은 없을 거예요.

살몽 그렇겠군요. 그러나 어떤 게 끝나고 있다면 또한 다른 어떤 것이 시작되는 거라고 생각할 수도 있지 않을까요?

쿤데라 물론이죠.

살몽 그렇다면 시작되고 있는 건 뭐죠? 이런 건 당신의 소설에서 보이지 않는데. 바로 이런 점에서 당신이 우리의 역사적 상황을 절반밖에 보지 못하는 것이 아니냐는 의문이 생기는데요.

쿤데라 그럴 수도 있겠지요. 그러나 그 문제는 그렇게 심각한 건 아녜요. 사실은 소설이 뭐냐는 것을 이해해야 합니다. 역사가는 실제로 일어났던 일들을 이야기하지요. 반대로 라스콜니코프의 범죄는 실제로 일어났던 일은 아닙니다. 소설은 실제를 탐색하는 것이 아니라 실존을 탐색하는 겁니다. 그런데 실존이란 실제 일어난 것이 아니고 인간의 가능성의 영역이지요. 인간이 될 수 있는 모든 것, 그가 할 수 있는 모든 것입니다. 소설가들은 인간의 이러저러한 가능성들을 찾아내 실존의 지도를 그리는 것이죠. 그러나 거듭 말하지만 존재한다는 것은 '세계 – 안에 – 있다'는 의미입니다. 그러니까 인물과 그의 세계를 '가능성'으로 이해해야만 하는 겁니다. 카프카에게 서는 이 모든 것들이 아주 명확히 나타납니다. 카프카적인 세계는 이미 알려진 어떤 현실과도 비슷하지 않습니다. 인간적 세계의 극단적인, 그러나 현실화되지 않은 가능성이죠. 이러한 가능성이 우리의 실제 세계를 통해서 나타나고 또 우리의 미래를 미리 그려 보여 주는 것처럼 보이는 게 사실입니다. 그래서 사람들은 카프카의 예언적 차원에 대해 말하는 겁니다. 그러나 설혹 그의 소설에 예언적인 것이 전혀 없다 하더라도 가치를 잃는 것은 아니지요. 왜냐하면 그것들은 실존의 가능성을 포착하고 있고 그렇게 함으로써 우리로 하여금 우리가 누구인가를 보게 하고 우리가 무엇을 할 수 있는가를 알게 해 주니까요.

살몽 그렇지만 당신의 소설은 완벽하게 현실적인 세계 속에 자리 잡고 있는걸요!

쿤데라 브로흐의 『몽유병자들』을 생각해 보세요. 이 소설은 30년 동안의 유럽 역사를 포괄한 3부작이지요. 브로흐에게 이 역사는 지속적인 가치 훼손의 역사로 명확히 규정되는 역사입니다. 인물들은 마치 우리에 갇힌 것처럼 이 과정 속에 갇혀 있고 공통의 가치가 사라져 가는 이 과정에 적합한 행동을 찾아내야 합니다. 물론 브로흐는 자신의 역사적 판단이 옳다는 것을 확신했습니다. 다시 말해 그가 그리는 세계의 가능성이 이미 현실화된 가능성임을 확실히 알고 있었던 것이죠. 그렇지만 그가 잘못 생각했던 거라고 가정해 봅시다. 그리고 이러한 훼손 과정과 병행하여 다른 과정, 브로흐가 볼 수 없었던 긍정적인 발전이 있었다고 생각해 봅시다. 그렇다고 해서 『몽유병자들』의 가치 가운데 무언가 달라질까요? 아니죠, 왜냐하면 가치의 훼손 과정이란 것은 이론의 여지 없는 인간 세계의 가능성이니까요. 인간은 이 과정의 소용돌이에 던져진 존재라는 것을 이해하는 것, 인간의 몸짓과 태도를 이해하는 것, 이것만이 중요하죠. 브로흐는 미지의 실존 영역을 찾아낸 겁니다. 실존의 영역이라는 말의 의미는 실존의 가능성이죠. 이 가능성이 현실로 바뀌느냐 바뀌지 않느냐 하는 것은 이차적인 것에 지나지 않아요.

살몽　그렇다면 당신의 소설이 놓인 종말적 역설의 시대라는 것은 현실이 아니라 가능성으로 이해해야겠군요?

쿤데라　유럽의 가능성이죠. 유럽의 가능한 비전, 인간의 가능한 상황이지요.

살몽　그러나 만일 당신이 현실이 아니라 가능성을 포착하려고 애쓰는 것이라면 어째서 당신은 프라하라든가 거기서 일어난 사건들에 당신이 부여한 이미지들을 신중하게 다루는 거죠?

쿤데라   작가가 어떤 역사적 상황을, 표출되지는 않았으나 인간 세계를 알 수 있게 해 주는 가능성으로 간주한다면 그는 그것을 있는 그대로 그리고자 할 것입니다. 역사적 현실에 충실하다는 것은 소설의 가치와 관련해서 볼 때는 어쨌든 이차적이죠. 소설가란 역사가도 아니고 예언자도 아닙니다. 실존의 탐구자일 뿐이지요.

3부　　　　『몽유병자들』에 관한 단상들

구성

　「1888, 파제노 혹은 낭만주의」, 「1903, 에슈 혹은 무정부주의」, 「1918, 후게나우 혹은 즉물주의」의 세 소설로 구성된 3부작. 각 소설의 이야기는 전편의 이야기에서 15년이 지난 후부터 시작된다. 1888년, 1903년, 1918년. 어떤 소설도 다른 것과 인과관계로 연결되어 있지 않다. 각 소설은 고유한 인물과 각기 다른 방식으로 구성되었다.

　파제노(첫 번째 소설의 주인공)와 에슈(두 번째 소설의 주인공)가 세 번째 소설의 무대에 등장하는 것은 사실이다. 또 베르트란트(첫 번째 소설의 등장인물)가 두 번째 소설에서 배역을 맡고 있는 것도 사실이다. 그러나 첫 번째 소설에서 베르트란트가 파제노, 루체나, 엘리자베트와 함께 겪은 이야기는 두 번째 소설에는 전혀 나오지 않으며 세 번째 소설의 파제노는 첫 번째 소설에 나오는 자신의 젊은 시절에 대한 기억이 조금도 없다.

따라서 『몽유병자들』과 20세기의 다른 위대한 (프루스트와 무질과 토마스 만의) '프레스코 벽화'들 사이에는 근본적인 차이가 있다. 브로흐에게 전체의 통일성을 이루어 주는 것은 행동의 연속성도 아니고 한 인물이나 가족의 일대기적 연속성도 아니다. 그것은 (가치가 타락하는 과정에 처한 인간이라는) 동일한 주제의 연속성이라고 하는, 눈에 잘 띄지 않고 잘 포착되지도 않는, 전혀 다른 은밀한 것이다.

가능성

덫이 되어 버린 세계에서 인간의 가능성이란 어떤 것인가?

이에 대한 답은 우선 세계가 어떤 것이냐에 대한 일정한 견해를 필요로 한다. 즉 세계에 대한 존재론적 가설을 필요로 하는 것이다.

카프카가 본 세계는 관료화된 세계다. 그 관료성이란 다른 여러 사회 현상들 가운데 하나가 아니라 세계의 본질로서의 관료성이다.

바로 여기에 난해한 카프카와 대중적인 하셰크 사이의 예상 외로 기이하게 닮은 점이 있다. 하셰크는 군대를 (사실주의나 사회 비평가의 방식에 따라) 오스트리아 - 헝가리 사회의 중심으로서가 아니라 세계의 현대적 양상으로 묘사했다. 카프카의 정의와 마찬가지로 하셰크의 군대는 관료화된 하나의 거대한 기구에 지나지 않으며 옛날의 군사적 덕목(용기, 지략, 기술 등)이 더 이상 아무 쓸모도 없는 군대 - 행정 기구에 지나지 않는 것이다.

하셰크의 군대 관료는 멍청이들이다. 현학적이다 못해 터무니없기까지 한 카프카의 관료들의 논리에도 아무런 지혜가 담겨 있지 않기는 마찬가지다. 카프카에게서 신비의 망토로 몸을 가린 멍청함은 형이상학적 잠언의 분위기를 풍긴다. 그것은 위협한다. 요제프 K는 자신이 하는 짓과 알아들을 수 없는 말에서 어떻게든 의미를 알아내려고 안간힘을 쓸 것이다. 죽음에 처하는 것이 두려운 것과 같이, 무의미의 순교자처럼 무(rien)에 처해지는 것 역시 견딜 수 없는 일이니 말이다. 따라서 K는 자신의 유죄를 인정하고 자신의 잘못을 찾으려 할 것이다. 마지막 장에서 두 명의 사형 집행인은 그가 경찰(어쩌면 그를 구해 줄 수도 있는)의 눈에 띄지 않도록 가려 줄 것이고, 죽기 직전에 그는 스스로 목을 졸라 그들이 기분 나쁜 일을 하지 않아도 되게 할 수 있는 힘이 자신에게 없음을 자책하게 될 것이다.

슈베이크는 K와 정반대 입장이다. 그는 자신을 둘러싼 세계(멍청함의 세계)를 완벽하게 체계적으로 모방한 탓에 어느 누구도 과연 그가 정말 바보인지 아닌지를 알 수 없을 정도다. 그가 지배 질서에 그토록 쉽사리 (그리고 그토록 유쾌하게) 적응하는 것은 어떤 의미가 보여서가 아니라 그것에 아무런 의미도 없기 때문이다. 그는 스스로 즐기고 나른 사람들을 즐섭게 해 주며 또한 자신의 순응주의를 내걸어 세계를 유일하고 거대한 우스갯거리로 바꾸어 놓는다.

(근대 세계의 전체주의적, 공산주의적 버전을 체험한 우리는 언뜻 보기에 인위적이고 문학적이고 과장된 것처럼 보이는 이 두 태도가 너무나도 사실적이라는 것을 알고 있다. 우리는 한편으로는 K처럼 될 수 있는 가능성과 다른 한편으로는 슈베이크처럼 될 수 있는 가능성으로 한정된 세계에서 살아 온 것이다. 다시 말하면 한 극단에서는 희생자가 사형 집행인에게까지 연대감을 가질 정도로 권력과 자신을 동일시하고, 다른 극단에서는 어떤 것이든 그 무엇도 심각하게 받아들이기를 거부하는, 권력에 대한 절대적 배척이라는 양극의 공간, 다시 말하면 절대적 진지함 ─ K ─ 과 절대적으로 진지하지 않음 ─ 슈베이크 ─ 사이의 공간에서 살아 온 것이다.)

그렇다면 브로흐는? 그의 존재론적 가설은 어떤 것인가?

세계는 (중세로부터 유래한) 가치들의 타락 과정이며, 이 과정은 근대 네 세기에 걸쳐 이루어진 것으로서 가치들의 본질이다.

이 과정 앞에 놓인 인간의 가능성이란 어떤 것인가?

브로흐는 세 가지 가능성을 찾아냈다. 파제노의 가능성, 에슈의 가능성, 후게나우의 가능성이다.

파제노의 가능성

요아힘 파제노의 형은 결투에서 죽는다. 아버지는 그가 "명예를 위해 죽은 것"이라고 말한다. 이 말은 요아힘의 기억에 영원히 새겨진다.

그러나 그의 친구 베르트란트는 놀란다. 기차와 공장의 시대에 어떻게 두 남자가 손에 권총을 든 채 팔을 늘어뜨리고 뻣뻣한 자세로 서로 마주보고 서 있을 수 있는가?

이에 대해 요아힘은 베르트란트에게는 명예에 대한 아무런 자각도 없다고 생각한다.

그러자 베르트란트는 계속한다. 자각이란 시대의 발전에 거역하는 것이다. 보수주의의 깨뜨려지지 않은 기반이다. 격세 유전적(隔世遺傳的) 잔재다.

그런데 요아힘 파제노의 태도는 계승된 가치들과 그 격세 유전적 잔재에 집착하는 것이다.

파제노는 제복이라는 모티프를 통해 소개된다. 화자는 말한다. 예전에는 교회가 최고 심판자로서 인간을 다스렸다. 사제의 제복은 지상을 초월한 권위의 상징이었다. 반면에 군복이나 법복은 세속적인 것을 표상했다. 교회의 마술적인 영향력이 점점 쇠퇴해 감에 따라 제복이 성직자들의 복장을 대신하게 되고 마침내는 절대적인 수준까지 오르게 되었다.

제복은 우리가 선택하는 것이 아니라 우리에게 부여되는 것이다. 개인적인 것의 변덕스러움에 맞서는 보편적인 것의 확실성이다. 예전에는 그렇게도 자명했던 가치들이 의문시되고 고개를 숙인 채 멀어져 가자 그 가치들(충실함, 가정, 조국, 규율, 사랑) 없이는 살아갈 수 없는 자는, 마치 제복이야말로 이제 더 이상 존중할 것이 없는 싸늘한 미래로부터 자신을 보호해 줄 수 있는 초월의 마지막 잔해이기라도 한 것처럼, 보편성이라는 제복의 마지막 단추까지 채워 스스로를 구속한다.

파제노의 이야기는 신혼 첫날밤에 클라이맥스에 이른다. 그의 부인 엘리자베트는 그를 사랑하지 않는다. 그에게 보이는 것이라고는 사랑 없는 미래일 뿐이다. 그는 옷을 벗지도 않고 그녀 곁에 눕는다. "제복이 약간 구겨진다. 늘어진 코트 자락 사이로 검은색 바지가 드러난다. 이를 깨닫자 요아힘은 금세 옷매무새를 바로잡고는 코트 자락을 여민다. 그는 다리를 뻗어 펴고는 약 묻은 장화가 침대보를 더럽히지 않게 하려고 무진 애를 써 가며 발을 침대 곁 의자에 얹어 놓은 채 가만히 있는다."

에슈의 가능성

교회가 인간을 완전히 다스리던 시대에 생겨난 가치들은 이미 오래전부터 흔들려 왔다. 그러나 파제노에게 그 내용은 여전히 명확했다. 그는 조국이란 무엇인가 회의하지 않았고 누구에게 충실해야 하는가 알고 있었으며 누가 자신의 신(神)인지도 알고 있었다.

에슈에게 가치들은 그 모습을 드러내지 않는다. 질서, 충성, 희생, 이런 말들은 그에게도 소중한 것이다. 그러나 이것들이 실제로 의미하는 바는 무엇인가? 누구를 위한 희생인가? 어떤 질서를 요구하는 것인가? 그는 전혀 알지 못한다.

가치가 이미 그 내용을 잃었다고 할 때 남는 것은 무엇인가? 오직 빈 형식일 뿐이다. 대답 없는, 그러나 그럴수록 귀 기울여 듣고 복종할 것을 더욱 노기등등하게 요구하는 명령일 뿐이다. 자신이 무엇을 원하는지 모르면 모를수록 에슈는 점점 더 격렬하게 그것을 원한다.

에슈: 신 없는 시대의 광신주의. 모든 가치들이 은폐되어 있기 때문에 모든 것이 가치로 간주될 수 있다. 정의, 질서, 이런 것들을 그는 어느 때는 노조 투쟁에서 찾으려 하고 어느 때는 종교에서 찾으려 한다. 또 오늘은 경찰 권력에서 찾으려 하고 내일은 그가 이민 가기를 꿈꾸는 미국에 대한 환상에서 찾으려 한다. 그는 테러리스트가 될 수도 있고 동료를 밀고하는 전향한 테러리스트가 될 수도 있다. 그는 당이나 파벌의 투사가 될 수도 있고 목숨을 바칠 준비가 된 가미카제〔神風〕 특공대가 될 수도 있다. 우리 세기의 역사를 피로 물들인 모든 정념들이 그의 빈약한 모험을 통해 취급되고 정체가 드러나고 진단되며 참혹하게 조명된다.

그는 일하는 사무실에 불만이 있다. 그는 말다툼 끝에 해고된다. 이리하여 그의 이야기가 시작된다. 그는 자기를 화나게 하는 모든 무질서의 원인이 경리인 넨트비히라는 사람에게 있다고 생각한다. 하필 왜 그인가는 아무도 모른다. 그럼에도 그는 경찰에 가서 고발하기로 결심한다. 이것이 자신이 해야 할 일 아니겠는가? 이것이 그와 마찬가지로 정의와 질서를 바라는 모든 사람들을 위한 봉사가 아니겠는가?

그런데 어느 날 술집에서 아무런 의심도 품지 않은 넨트비히가 친절하게 그를 자신의 테이블로 초대하여 술잔을 권한다. 얼떨떨해진 에슈는 넨트비히의 잘못을 기억해 내려고 애써 보지만 "이제 이상하게도 그의 잘못은 아무런 근거 없는 허무맹랑한 것이 되어 버려 에슈는 곧 자신의 계획이 터무니

없었음을 깨닫고는 어색한 태도로, 심지어는 조금 부끄러워 까지 하면서 술잔을 잡는다."

  에슈에게 있어 세계는 선악의 왕국으로 구분된다. 그러나 딱하게도 선과 악은 똑같이 정체를 가려낼 수 없는 것이다.(넨트비히를 만나는 것만으로도 그는 누가 옳고 그른지를 분간할 수 없게 된다.) 세계라고 하는 이 가면 무도회장에서 끝까지 악의 흉터를 얼굴에 지니고 다니는 유일한 사람은 베르트란트다. 이는 그의 죄목에 의심의 여지가 없기 때문이다. 그는 신성한 질서의 파괴범인 동성애자인 것이다. 소설 첫 장에서 넨트비히를 고발하려 했던 에슈가 마지막에 이르러서는 베르트란트를 고발하는 고발장을 우체통에 집어넣는다.

후게나우의 가능성

3부　『몽유병자들』에 관한 단상들

에슈는 베르트란트를 고발했다. 후게나우는 에슈를 고발한다. 에슈가 그런 것은 세상을 구하기 위해서였다. 후게나우가 그러는 것은 자신의 직업을 구하기 위해서다.

맹한 출세주의자인 후게나우는 공통의 가치가 없는 세계에서 더할 나위 없는 편안함을 느낀다. 도덕적 명령이 없다는 것은 곧 그의 자유이고 구원이다.

그가 눈곱만큼의 죄의식도 없이 에슈를 죽이는 사실에는 깊은 의미가 있다. 왜냐하면 "언제나 보다 작은 가치 체계에 속한 사람이 보다 큰, 그러나 해체되는 중인 가치 체계에 속한 사람을 제거하는 것이며, 또한 언제나 가장 불행한 사람이 가치의 타락 과정에서 그 하수인 역할을 하는 것이며 최후의 심판의 나팔이 울리는 날, 스스로 파멸에 처해지는 이 세계에 대한 사형 집행인이 되는 것은 모든 가치에서 벗어난 사람이기 때문이다.”

브로흐의 정신에 있어 근대란 비합리적인 믿음이 지배하는 세계와 믿음 없는 비합리성이 지배하는 세계 사이에 걸쳐진 다리다. 이 다리 끝에 윤곽을 드러내는 사람이 후게나우다. 죄의식 없는 행복한 암살자. 근대의 종말의 행복한 버전.

K, 슈베이크, 파제노, 에슈, 후게나우. 이들은 다섯 개의 근본적 가능성이며 다섯 개의 지향점이다. 이들 없이 우리 시대의 실존적 지도를 그려 내기는 불가능할 것이다.

여러 세기들의 하늘 아래서

근대 여러 세기들의 하늘을 도는 별들은 언제나 독자적인 별자리 속에 있는 개인의 영혼을 통해 반영된다. 이 별자리에 따라서 인물의 상황과 그 존재의 의미가 규정된다.

브로흐는 에슈에 대해 이야기하다가 갑자기 그를 루터와 비교한다. 이 두 사람은 모두 반항자의 범주에 속한다.(브로흐는 이것을 상세히 분석했다.) "에슈는 루터가 그러했던 것처럼 반항자다." 사람들은 흔히 한 인물의 뿌리를 그의 유년 시절에서 찾는다. 에슈(그의 유년 시절은 끝까지 우리에게 알려지지 않는다.) 의 뿌리는 다른 세기에 있다. 에슈의 과거는 루터인 것이다.

파제노, 이 제복의 사나이를 포착하기 위해 브로흐는 세속적 제복이 성직자 법복의 자리를 차지하게 되기까지의 긴 역사적 과정 한가운데에 그를 둔다. 간단히 말하면, 근대라는 하늘이 이 보잘것없는 말단 장교의 머리 위에서 구석구석까지 빛을 비추는 것이다.

브로흐에게 인물은 모방할 수 없는 존재, 스쳐 가는 유일성, 사라질 운명의 기적적인 한순간으로 구상된 것이 아니라 루터와 에슈, 과거와 현재가 서로 만나는 시간 위에 세워진 튼튼한 다리로 구상되었다.

『몽유병자들』에서 브로흐가 소설의 미래 가능성을 미리 그려 볼 수 있었던 것은 그의 역사철학에 의해서가 아니라 인간을 보는 새로운 방식(여러 세기들의 하늘 아래에서 인간을 보는 방식)에 의한 것으로 보인다.

이처럼 브로흐가 밝혀 놓은 방식으로 나는 토마스 만의 『파우스트 박사』를 읽었다. 이 소설은 아드리안 레버퀸이라는 한 작곡가의 생애에 관한 소설일 뿐만 아니라 몇 세기 동안의 독일 음악에 관한 소설이기도 하다. 아드리안은 단순한 작곡가가 아니다. 그는 음악의 역사에 종지부를 찍은 작곡가다.(그의 가장 훌륭한 작품은 「묵시록」이다.) 그리고 그는 최후의 작곡가(「묵시록」의 작곡가)일 뿐만 아니라 또한 파우스트이기도 하다. 조국의 악마주의에 시선을 집중시킨 토마스 만(그가 이 소설을 쓴 것은 2차 세계대전이 끝날 무렵이다.)은 독일 정신의 화신인 한 신화적 인간이 악마와 맺은 계약에 대해 생각한다. 문득 그의 나라의 역사 전체가 단 한 명의 인물, 즉 파우스트 혼자만의 모험인 것처럼 떠오르게 된다.

브로흐가 밝혀 놓은 방식으로 나는 카를로스 푸엔테스의 『테라 노스트라』를 읽었다. 이 작품에서는 모든 위대한 에스파냐적(유럽의 에스파냐건 아메리카의 에스파냐적인 것이건) 모험이 기발한 충돌과 몽환적 변형을 통해 포착되어 있었다. 루터 같은 에슈라는 브로흐의 원칙이 푸엔테스에게는 에슈가 루터라는 한층 근본적인 원칙으로 변형되었다. 푸엔테스는 우리에게 자기 방법의 관건, 즉 '한 명의 인물을 만들어 내는 데에도 많은 삶이 필요하다'는 사실을 제시해 준다. 죽은 후 영혼이 다른 육체에 깃든다는 오랜 신화는 소설적 기법으로 구체화되고 그 소설적 기법은 『테라 노스트라』를, 끊임없이 다른 육신에 깃드는 동일한 인물에 의해 역사가 이루어지고 섭렵되는 방대하고도 기이한 꿈으로 만든다. 멕시코에서 그때까지 알려지지 않았던 대륙을 찾아낸 바로 그 루도비코가 몇 세기 후에는 파리에서 셀레스틴과 함께 나타나는데 셀레스틴은 두 세기 전에는 필리프 2세의 정부였던 그 셀레스틴이다.

지나간 시간이 문득 하나의 전체로 드러나고 눈부시도록 명확하게 완성된 형태를 이루는 것은 마지막 순간(사랑의 마지막, 인생의 마지막, 시대의 마지막)에 이르러서다. 브로흐에게 마지막 순간은 후게나우고, 토마스 만에게는 히틀러다. 푸엔테스에게 그것은 두 천년왕국 사이의 전설적인 국경이다. 이 같은 상상의 관측소에서 볼 때 역사라고 하는 이 유럽식 비정상(anomalie), 시간의 순수함 위에 묻은 얼룩은 이미 끝나 버린 것, 포기된 것, 내팽개쳐친 것으로 보이고, 내일이면 잊힐 개인의 사소한 역사와 다를 바 없는 보잘것없고 감동적인 것으로 보인다.

사실 루터가 곧 에슈라고 하면 루터에서 에슈까지 이어진 역사란 마르틴 루터 – 에슈라는 개인의 일대기에 지나지 않고 역사라는 것 전체는 함께 유럽의 여러 세기를 거쳐 온 몇몇 인물(파우스트나 돈후안이나 돈키호테, 에슈 같은)들의 역사에 지나지 않는다.

인과성을 넘어서

한 남자와 한 여자라는 외롭고 우울한 두 존재가 레빈의 영지에서 만난다. 서로 호감을 갖게 된 그들은 함께 살 수 있게 되기를 은근히 소망한다. 그들은 그런 이야기를 할 수 있는 둘만의 시간이 오기를 기다린다. 마침내 어느 날 그들은 밤을 주우러 들어간 숲에서 아무도 자기들을 지켜보지 않는 기회를 맞게 된다. 마침내 기회가 왔으며 이를 놓치지 말아야 한다는 것을 알면서도 거북스러워진 그들은 아무 말 없이 침묵만 지킨다. 오랜 침묵이 흐르자 문득 여자는 "느닷없이, 마음에도 없는" 밤 이야기를 하기 시작한다. 그런 후 다시 침묵이 흐른다. 남자는 자신의 속마음을 드러낼 말을 찾지만 결국 사랑한다는 말 대신에 "전혀 뜻밖에 충동적으로" 그도 역시 밤에 대해 이야기한다. 돌아오는 길에서도 그들은 내내 밤 이야기만 하면서 절망적인 무력감에 젖어든다. 그들은 자신들이 사랑한다는 말을 결코 하지 못하리라는 것을 알게 된다.

집에 돌아온 남자는 자신이 사랑한다고 말하지 않은 것은 죽은 부인에 대한 추억을 저버릴 수 없기 때문이라고 생각한다. 그러나 우리는 그것이 자기 마음을 위로하기 위해 지어낸 거짓 이유라는 것을 안다. 위로라고? 그렇다, 사람은 이유가 있을 때에는 사랑을 잃은 것에 대해 체념할 수 있다. 그러나 아무런 이유 없이 사랑을 잃었을 때에는 자신을 용서할 수 없을 것이다.

매우 아름다운 이 짧은 에피소드는 『안나 카레니나』의 가장 뛰어난 업적 가운데 하나인, 사람들의 행위에 있어 비인과적이고 가늠할 수 없으며 심지어는 신비롭기까지 한 측면에 대한 조명이라는 문제에 대한 일종의 비유다.

행위가 무엇이냐는 것은 소설의 영원한 질문이다. 말하자면 그것은 소설의 구성적 문제인 것이다. 하나의 결정은 어떻게 이루어지는가? 또 그것은 어떻게 행위로 전환되며 행위들은 또한 어떻게 서로 연결되어 하나의 모험을 이루게 되는가?

옛날 소설가들은 삶이라는 기이하고도 혼란스러운 재료에서 명징한 합리성의 실마리를 찾아내려 애썼다. 이들의 시각에서 본다면 행위를 만들어 내는 것은 합리적으로 이해할 수 있는 동기며, 하나의 행위는 다른 행위를 유발하는 것이다. 또 모험이란 명백히 인과적인 행위들의 연쇄다.

베르테르는 친구의 부인을 사랑한다. 그는 친구를 배반할 수도 없고 자신의 사랑을 부정할 수도 없다. 그래서 그는 스스로 목숨을 끊는다. 마치 수학 방정식처럼 명료한 자살이다.

그러나 안나 카레니나는 왜 스스로 목숨을 끊는가?

사랑한다는 말 대신에 밤 이야기만 했던 사내는 그것이 사별한 부인에 대한 애정 때문이라고 생각하고 싶어 한다. 안나의 행위에서 우리가 찾아볼 수 있는 이유들에 대해서도 거의 비슷한 이야기를 할 수 있을 것이다. 사람들이 그녀에게 경멸적인 태도를 보였던 것은 사실이다. 그러나 그녀 또한 그들을 경멸해 버릴 수는 없었을까? 사람들은 그녀가 아들을 보러 가지 못하게 방해했다. 그러나 그것이 하소연할 데도 없고 빠져나갈 수도 없는 상황이었던가? 브론스키는 이미 약간 냉담해져 있었다. 그래도 그는 여전히 그녀를 사랑하지 않았던가?

더욱이 안나가 역에 온 것은 자살하기 위해서가 아니었다. 그녀는 브론스키를 마중 나왔던 것이다. 그녀는 마음의 결정을 내리지도 않고서 기차 밑으로 몸을 던진다. 오히려 결정이 안나를 사로잡은 것이다. 그것이 그녀를 덮친 것이다. 밤 이야기만 한 사내와 마찬가지로 안나 역시 "전혀 뜻밖의 충동"에 따라 행동한 것이다. 그녀의 행위가 의미 없는 짓이라고 말하는 것이 아니다. 다만 이 의미는 합리적으로 이해할 수 있는 인과성 너머에서 찾아진다. 이렇듯 엄습하는 충동, 스쳐 지나가는 느낌, 파편적인 생각들의 미묘한 얽힘을 재구성하여 안나의 영혼이 걸어간, 자살로 이어지는 여로를 우리에게 보여주고자 한다면 톨스토이는 (소설 역사상 처음으로) 거의 조이스적인 내적 독백법을 사용해야만 했을 것이다. 안나와 더불어 우리는 베르테르로부터 멀리 벗어난 것이며 키릴로프에게서도 멀리 벗어난 것이다. 키릴로프는 아주 명확히 규정된 이해

관계, 정교하게 꾸민 음모에 말려 자살한다. 미친 짓이긴 하지만 그의 행위는 합리적이고 의식적이며 숙고된 것이다. 키릴로프의 성격은 온통 자살에 대한 그의 야릇한 철학 위에 자리 잡고 있으며 따라서 그의 행위는 그의 생각의 완벽한 논리적 연장이다.

도스토옙스키는 자기 논리의 끝까지 가기를 고집하는 이성의 광기를 포착한다. 톨스토이는 그 반대다. 그는 비논리적인 것, 비합리적인 것의 개입을 드러내 보여 준다. 내가 그에 대해 언급한 것은 이런 까닭에서다. 톨스토이를 참조함으로써 브로흐는 '우리가 살아가면서 내리는 결정에서 비합리적인 것이 맡는 역할에 대한 탐구'라는, 유럽 소설의 위대한 탐구의 맥락 속에 자리 잡게 된다.

혼동

파제노는 루체나라는 체코 창녀에게 드나든다. 그러나 그의 부모는 엘리자베트라는, 그들과 같은 계층에 속한 아가씨와의 결혼을 주선한다. 파제노는 조금도 그녀를 사랑하지 않지만 그러면서도 그녀에게 마음이 끌린다. 바르게 말하면 그의 마음을 끄는 것은 그녀가 아니라 그녀가 표상하는 모든 것이다.

처음 그녀를 만나러 가는 날, 그녀가 사는 동네의 길과 집과 정원 들에서는 "섬나라 같은 훌륭한 안정감"이 넘친다. 엘리자베트의 집은 "친밀감의 보호 아래 깃든 안정감과 부드러움"의 행복한 분위기로 그를 맞아 준다. 그 친밀감은 언젠가는 "사랑으로 바뀔 것"이며 "또한 사랑은 언젠가는 친밀감으로 식어 버릴 것"이다. 파제노가 바라는 가치(가정의 안정감)는 (모르는 사이에, 본성을 어기고서라도) 이 가치를 가져다주는 사람이 될 여자를 보기도 전에 그의 앞에 나타난 것이다.

그는 자기가 태어난 마을의 교회에 앉아 있다. 눈을 감고 형언할 수 없을 만큼 아름다운 성모 마리아가 가운데 자리 잡고 있는 새하얀 구름 위의 성가족을 상상한다. 벌써 어릴 적부터 그는 같은 교회에서 이와 똑같은 상상에 커다란 기쁨을 느꼈다. 그 당시 그는 아버지 농장에서 일하는 폴란드 태생 하녀를 좋아했다. 그의 상상 속에서 그녀는 성모 마리아와 혼동되었고 그녀의 아름다운 무릎 위에 앉아 있는 것은 하녀가 된 성모 마리아의 무릎 위에 앉아 있는 것으로 혼동되곤 했다. 그날도 눈을 감은 그에게 다시 성모 마리아의 모습이 떠오른다. 문득 그는 마리아의 머리카락이 금발이라는 것을 깨닫는다. 그렇다! 마리아는 엘리자베트와 머리카락 색이 같다! 그는 놀라고 감격한다. 이러한 몽상을 매개로 그는 자기가 사랑하지 않는 여인이 사실은 유일하고도 진실한 사랑이라는 것을 하느님이 깨닫게 해 주는 것이라 생각한다.

이러한 비합리적인 논리는 혼동이라는 메커니즘 위에 수립되어 있다. 파제노의 현실 감각은 빈약하기 짝이 없다. 그는 사태의 원인을 전혀 이해하지 못한다. 그는 다른 사람들의 시선 뒤에 무엇이 감추어져 있는지 전혀 알지 못한다. 그러나 아무리 위장되고 이해할 수 없으며 비인과적이라 하더라도 외부 세계가 벙어리인 것은 아니다. 세계는 그를 향해 말을 한다. 그것은 "먼 메아리가 서로 섞이고" "향기와 색채와 음향이 서로 화답하는" 보들레르의 유명한 시와도 같다. 하나의 사물은 다른 사물과 인접하여 그것과 섞인다.(엘리자베트가 성모 마리아와 혼동되듯이.) 혼동은 이러한 인접에 의해 설명된다.

에슈는 절대성을 사랑한다. "사람은 단 한 번밖에 사랑할 수 없다."라는 것이 그의 좌우명이다. 따라서 헨트옌 부인은 그를 사랑하기 때문에 (에슈의 논리대로 하면) 그녀의 죽은 첫 남편을 사랑할 수 없었다는 것이다. 그러니까 그 남편은 그녀를 간음한 나쁜 놈이 될 수밖에 없다. 베르트란트와 같은 나쁜 놈인 것이다. 악의 화신들은 서로 바뀔 수 있으니 말이다. 그들은 서로 혼동된다. 그들은 동일한 본질이 각기 다르게 드러난 것에 지나지 않는다. 벽에 걸린 헨트옌 씨의 초상화를 얼핏 흘겨보는 바로 그 순간 에슈의 머리에는 당장 경찰서에 가서 베르트란트를 고발해야겠다는 생각이 스쳐 지나간다. 에슈가 베르트란트를 때리는 것은 헨트옌 부인의 첫 남편에게 상처를 입히는 것이나 다를 바 없으며 우리 모두를 조그만 공통의 악으로부터 벗어나게 하는 것이나 다를 바 없다.

상징의 숲

『몽유병자들』은 아주 천천히, 주의 깊게 읽어야 한다. 그리고 파제노, 루체나, 에슈 같은 인물들의 결정이 자리 잡고 있는, 표면 아래 감추어진 차원을 보기 위해서는 이해할 수 있는 행위에 대해서와 마찬가지로 비논리적인 행위들에 대해서도 주의를 기울여야 한다. 이들은 구체적인 현실과 대면할 수 없는 인물들이다. 이들의 눈에는 모든 것들이 상징으로 바뀌고 (엘리자베트는 가족적인 안정감의 상징이고 베르트란트는 지옥의 상징이다.) 현실에 대해 행동한다고 생각하는 경우에도 그들은 실제로는 상징에 대해 반응하는 것이다.

브로흐는 개인적이고 집단적인 모든 행위의 바탕에 혼동의 체계, 상징적 사고의 체계가 있다는 것을 우리에게 일깨위 준다. 이러한 비합리적인 체계가 이성적인 생각보다 얼마나 더 우리 태도를 좌우하느냐 하는 것은 우리 자신의 삶을 돌아보기만 하더라도 충분히 알 수 있는 일이다. 어떤 사람은 어항 속 물고기에 대한 애착으로 내 신경을 건드리고, 어제 나에게 끔찍한 불행을 가져다준 사람에게는 영원히 지울 수 없는 불신감을 갖게 될 것이다…….

비합리적인 체계는 정치적 생활까지도 지배한다. 공산주의 러시아는 지난 세계대전에서도 상징의 전쟁에서도 승리했다. 가치를 열망하면서도 그것들을 분별할 수 없는 에슈 같은 인물들로 구성된 거대한 군대는 최소한 반세기 동안만큼은 선과 악의 상징을 퍼뜨리는 데 성공했다. 그래서 유럽인들의 의식 속에서 집단 수용소는 결코 나치즘과 같은 절대적 악의 상징으로 여겨지지 않는다. 베트남 전쟁에 대해서는 집단적이고 자발적으로 항의했던 사람들이 아프가니스탄 전쟁에 대해서는 그렇게 하지 않는 이유가 바로 이것이다. 베트남, 식민주의, 인종차별주의, 제국주의, 파시즘, 나치즘 같은 단어들은 마치 보들레르의 시에서 색채와 소리가 서로 화답하듯 같은 울림을 갖는다. 반면에 아프가니스탄에서의 전쟁은, 말하자면 상징적 벙어리인 셈이고 절대적 악의 마술적 테두리 바깥, 상징의 간헐천(間歇川) 바깥에 있는 것이다.

나는 또한 길에서 매일같이 이루어지는 학살, 그 끔찍하면서도 일상화된 죽음에 대해서도 생각해 본다. 이 죽음은 암이나 에이즈와는 전혀 다르다. 그 죽음은 자연이 아니라 인간에 의한, 거의 의도적인 죽음이기 때문이다. 어떻게 우리가 그것으로부터 정신이 혼미해질 정도의 충격을 받지 않을 수 있으며, 어떻게 우리 삶이 혼란스러워지지 않을 수 있는가? 그것은 우리에게 위대한 개혁을 촉구하지 않는가? 아니다. 우리는 그것 때문에 정신이 멍해지지 않는다. 파제노처럼 우리의 현실 감각 또한 한심스럽기 짝이 없다. 멋진 자동차의 가면 뒤에 가려진 이 죽음이, 상징이라는 초현실적 영역 속에서 실제로 재현하는 것은 바로 삶이다. 미소 띤 그 죽음은 마치 엘리자베트가 성모 마리아와 혼동되듯 현대성, 자유, 모험 등과 혼동되어 버리는 것이다. 이런 죽음들에 비해 훨씬 드물기는 하지만 사형 선고를 받은 죄수의 죽음이 우리 관심을 더 많이 끌고 우리 열정을 일깨운다. 사형 집행인의 이미지와 뒤섞인 그 죽음은 유달리 강한 상징적 자성(磁性), 유달리 어둡고 불쾌한 상징적 자성을 띤다. 이외에도 이런 것들은 수없이 많다.

한 번 더 보들레르의 시를 인용하면, 인간은 "상징의 숲"에서 길을 잃은 어린아이이다.

(성숙성의 기준은 상징에 저항할 수 있는 능력이다. 그러나 인류는 점점 더 어려지고 있다.)

다주제주의

자신의 편지에서 브로흐는 몇 번이나 거듭해서 '심리' 소설의 미학을 거부하면서 이에 맞서 '그노시스적' 혹은 '다주제적'인 것이라 부르는 소설을 내세운다. 그러나 내가 보기에 이 두 번째 용어는 매우 잘못 선택된 것이어서 우리 생각을 혼란스럽게 만드는 것 같다. 용어의 정확한 의미로 볼 때, '다주제적 소설'은 브로흐와 같은 나라의 작가로서 오스트리아 산문의 창시자인 아달베르트 슈티프터가 1857년(그렇다, 『마담 보바리』가 발표된 그 위대한 해다.) 『늦여름』이라는 소설을 발표함으로써 처음 선보이게 된 것이다. 이 소설은 니체가 독일 산문 중 가장 훌륭한 책 네 권 가운데 하나로 꼽음으로써 더 유명해지기도 했다. 나로서는 무척 읽기 어려운 책이다. 이 책에서 우리는 지질학, 식물학, 동물학, 각종 기예와 미술, 건축 등에 대해 많은 것을 배울 수 있다. 그러나 인간과 그의 상황은 교양적 가치를 지니는 이 방대한 백과사전의 주변으로 완전히 밀려났다. 이 소설은 바로 이 '다주제주의'로 말미암아 소설적 특성을 완전히 상실했다.

브로흐의 경우는 이와 다르다. 그는 '오직 소설만이 찾아낼 수 있는 것'을 추적한다. 그러나 그는 (오직 인물의 모험만을 바탕으로 만들어졌고 모험에 대해 단순히 서술하는 것으로 만족하는) 관습적 형식이 소설의 한계를 이루고 소설의 인식 용량을 제한한다는 것을 안다. 또한 그는 소설의 엄청난 종합 기능에 대해서도 안다. 시나 철학은 소설을 포용할 수 없지만 소설은 시나 철학을 얼마든지 수용할 수 있으며, 그렇게 하더라도 소설의 정체성을 조금도 잃어버리지 않는다. 다른 장르들을 수용하고 철학적, 과학적 지식을 흡수하는 경향이 바로 소설의 특징이다. 따라서 브로흐의 시각에서 볼 때 '다주제적'이라는 용어는 '소설만이 찾아낼 수 있는 것', 즉 인간의 존재를 비추기 위해 모든 지적 방법과 시적 형식 들을 동원한다는 것을 뜻한다.

이것이 소설 형식의 심층적인 변화를 내포한다는 사실은 두말할 것도 없다.

이루어지지 않은 것

아주 개인적인 생각을 말하고자 한다. 『몽유병자들』의 마지막 소설(「1918, 후게나우 혹은 즉물주의」)은 종합적 경향과 형식 변화를 가장 극단적으로 추구하지만 여기서 나는 탄복할 만한 즐거움 외에 약간의 불만도 갖고 있다.

— '다주제적' 의도로 말미암아 브로흐는 생략 기법을 사용하지 않을 수 없는데 이것이 그리 잘 수행된 것으로는 보이지 않는다. 이로 말미암아 건축적인 명확성이 손상되었다.

— (시, 이야기, 경구, 르포, 논설 등과 같은) 다양한 요소들은 진정 '다주제적'인 하나의 통일성으로 용해되었다기보다는 그저 나열되었을 뿐이다.

— 가치의 타락에 대한 탁월한 논문은 비록 한 인물이 쓴 글로 나타나기는 했지만 쉽사리 작가 자신의 생각으로 이해될 수 있고, 또 그것이 소설의 진실이고 요약이며 주제인 것으

로 이해되기 쉬우며, 그럼으로써 소설의 필수불가결한 요소
인 상대성을 훼손할 우려가 있다.

모든 위대한 작품들에는 (바로 위대한 작품이기 때문에) 이루
어지지 못한 부분이 있기 마련이다. 브로흐는 그가 훌륭하게
이룩해 낸 모든 것들을 통해서뿐만 아니라 그가 의도했음에
도 이루지 못한 모든 것들을 통해서도 우리를 고무한다. 그의
작품에서 이루어지지 못한 것들은 다음과 같은 필요성들을
일깨워 준다.

첫째, (건축적 명확성을 잃지 않으면서도 현대 세계에서의 인간 실
존의 복잡성을 포괄할 수 있게 해 주는) 발본적 검사라는 새로운 기
법의 필요성. 둘째, (한 음악에 철학과 이야기와 꿈을 한데 용해할 수
있는) 소설적 대위법이라는 새로운 기법의 필요성. 셋째, (명확
한 메시지를 전달하는 것이 아니라 가설적, 유희적, 역설적인 것에 그치
는) 전적으로 소설적인 에세이라는 새로운 기법의 필요성.

모더니즘

20세기의 위대한 소설가들 중에서 브로흐는 어쩌면 거의 알려지지 않은 작가다. 이렇게 된 사정을 이해하기란 그리 어렵지 않다. 『몽유병자들』의 집필을 마치자마자 그는 히틀러가 권좌에 오르는 것, 그리하여 독일의 문화적 생명력이 말살되는 것을 목도한다. 5년 후 그는 오스트리아를 떠나 미국으로 가서 죽을 때까지 머문다. 이러한 조건에서 독자를 빼앗기고 정상적인 문학적 삶도 빼앗겨 버린 그의 작품은 그의 시대에 더 이상의 역할, 즉 작품 주위로 독자와 추종자, 애호가들을 모으고 하나의 학파를 형성하여 다른 작가들에게 영향을 미치는 역할을 할 수 없게 된다. 무질이나 곰브로비치의 작품들이 그랬던 것처럼 그의 작품들이 발견(재발견)된 것은 한참 후(작가가 죽은 후)의 일이다. 그의 작품은 브로흐 자신이 그랬던 것처럼 새로운 형식에 대한 정열에 사로잡힌 사람들, 달리 말하면 '모더니스트적' 지향의 사람들에 의해 발견되었다. 그러나 그들의 모더니즘은 브로흐의 모더니즘과는 달랐다. 뒤늦은 것이 아니라 보다 진전된 모더니즘이었다. 그것은 그 뿌리와 근대 세계에 대한 태도, 그리고 그 미학에 있어 달랐다. 이러한 차이는 약간 난처한 문제를 일으키기도 했다. (무질이나 곰브로비치와 마찬가지로) 브로흐는 위대한 혁신가로 보였지만 모더니즘의 일반적이고 관습적인 이미지와는 부합되지 않았다.(왜냐하면 우리 세기 후반기에는 모더니즘을 생각함에 있어 철칙처럼 확립된 규칙을 고려해야 함과 동시에 대학의 모더니즘, 굳이 말하자면 완고한 모더니즘도 고려해야 하니 말이다.)

예를 들면 완고한 모더니즘은 소설 형식의 파괴를 요구한다. 그러나 브로흐가 보기에 소설 형식의 가능성이 고갈되려면 아직 멀었다.

완고한 모더니즘은 소설이 인물의 인위성에서 벗어나기를 바란다. 인물이란 결국 작가의 얼굴을 감추는 쓸데없는 것에 지나지 않는다는 것이다. 브로흐의 인물에서는 작가의 모습을 찾아볼 수 없다.

완고한 모더니즘은 총체성이라는 말을 쓰는 것을 금한다. 그러나 브로흐는 과도한 분업과 방종한 전문화의 시대에 소설이 아직도 '인간은 전체로서의 삶과 관계를 유지할 수 있는 마지막 보루 가운데 하나'라는 것을 말하기 위해 아무 거리낌 없이 이 용어를 사용한다.

완고한 모더니즘에 의하면 '현대' 소설과 '전통' 소설 사이에는 뛰어넘을 수 없는 경계가 그어져 있다.(이 전통 소설이라는 것은 네 세기 동안의 소설 문장들을 아무렇게나 끌어다 모아 놓은 잡동사니다.) 브로흐의 시각에서 볼 때 현대 소설은 세르반테스 이후의 모든 위대한 소설가들이 투신했던 추구를 계승해 나가는 것이다.

완고한 모더니즘의 이면에는 단순한 종말론적 믿음의 잔재가 있다. 하나의 역사가 끝나면 전혀 새로운 바탕 위에 수립된 새 (더 나은) 역사가 시작된다는 것이다. 브로흐는 예술, 특히 소설의 진화에 철저하게 적대적인 상황으로 완성되어 가는 역사에 대한 우울한 의식을 지녔다.

4부　　　　구성 기술에 관한 대담

　살몽　헤르만 브로흐에 대해 당신이 쓴 글을 인용하는 것으로 이 대담을 시작해 볼까요. 당신은 "모든 위대한 작품들에는 (바로 위대한 작품이기 때문에) 이루어지지 못한 부분이 있기 마련이다. 브로흐는 그가 훌륭하게 이룩해 낸 모든 것들을 통해서뿐만 아니라 그가 의도했음에도 이루지 못한 모든 것들을 통해서도 우리를 고무한다. 그의 작품에서 이루어지지 못한 것들은 다음과 같은 필요성들을 일깨워 준다. 첫째, (건축적 명확성을 잃지 않으면서도 현대 세계에서의 인간 실존의 복잡성을 포괄할 수 있게 해 주는) 발본적 검사라는 새로운 기법의 필요성. 둘째, (한 음악에 철학과 이야기와 꿈을 한데 용해할 수 있는) 소설적 대위법이라는 새로운 기법의 필요성. 셋째, (명확한 메시지를 전달하는 것이 아니라 가설적, 유희적, 역설적인 것에 그치는) 전적으로 소설적인 에세이라는 새로운 기법의 필요성"에 대해서 말씀하셨지요. 이 세 가지 사항 속에서 당신의 예술적 프로그램을 찾아 볼 수 있을 것 같군요. 우선 첫 번째 것부터 시작하죠. 발본적 검사 기법이라는…….

쿤데라   제가 보기에 현대 세계에서 인간 실존의 복잡성을 포착해 내기 위해서는 생략과 압축의 기법이 요구됩니다. 그러지 않으면 끝없는 장황함의 함정에 빠지고 말지요. 『특성 없는 남자』는 제가 가장 좋아하는 소설 가운데 하나입니다. 그렇지만 완성되지 않은 그 소설의 엄청난 규모까지 좋아하는 건 아니에요. 너무나 커서 한눈에 전체의 윤곽을 볼 수 없는 성(城)을 한번 상상해 보세요. 넘을 수 없는 인간적인 한계라는 게 있는 겁니다. 가령 기억력의 한계 같은 것이겠지요. 소설을 다 읽은 후에도 소설의 처음을 기억할 수 있어야 합니다. 그렇지 않으면 소설은 형식을 잃게 되고 소설의 '구성적 명확성'도 흐려지게 되지요.

살몽   『웃음과 망각의 책』은 일곱 부로 구성되었습니다. 만약 당신이 그 부들을 덜 생략적인 방식으로 다루었더라면 각기 다른 일곱 소설 일곱 권으로 쓰였을 수도 있을까요?

쿤데라   하지만 제가 만약 독립된 소설 일곱 편을 썼더라면 책 한 권으로 '현대 세계에서의 인간 실존의 복잡성'을 포착하려는 희망을 품을 수가 없었겠지요. 그러니까 생략 기법은 제가 보기에는 반드시 필요한 거예요. 그것은 항상 사물의 본질로 곧장 갈 것을 요구하죠. 이런 점에서 제가 어렸을 적부터 존경해 온 작곡가인 레오 야나체크가 생각나는군요. 가장 위대한 현대 음악가 중 한 사람이죠. 쇤베르크와 스트라빈스키가 아직 대형 오케스트라 음악을 만들던 시대에 그는 벌써 관현악을 위한 악보가 아무 필요도 없는 음표들의 부담에 짓눌리고 있다는 사실을 깨달았죠. 이러한 생략의 의지에 따라 그는 나름대로 혁신에 착수한 겁니다. 당신도 아시겠지만 작곡을 하는 데에는 많은 기법이 있습니다. 주제 제시, 전개, 변주, 간혹 매우 자동화되기까지 한 화성 작업, 관현악 편성을 위한 편곡, 경과부 등. 오늘날 사람들은 컴퓨터로 음악을 만들 수 있지만 작곡가들의 머릿속에는 항상 컴퓨터가 있어 왔습니다. 극단적으로 말하면 그들은 미리 구상하지 않고도, 작곡 규칙들을 ‘인공지능적’으로 전개하는 방식만으로 소나타 한 편을 만들어 낼 수 있었습니다. 야나체크의 명령은 그 ‘컴퓨터’를 때려 부수라는 것이었죠. 경과부가 아니라 차이가 두드러지는 병치를 통해, 변주가 아니라 반복을 통해 항상 사물의 핵심을 파고들어가라는 것이죠. 오직 본질적인 무엇인가를 말하는 음표만이 존재할 자격이 있는 겁니다. 소설도 이와 거의 비슷해요. 소설에도 ‘기법’들만, 그리고 작가가 해야 할 일을 대신해 버리는 관습들만 우글거리죠. 인물을 소개하고 환경을 묘사하고, 역사적 상황 속에 행동을 개입시키고, 인물들의 삶의 시간을 불필요한 일화들로 채워 넣는 등. 매번 무대를 바꿀 때마다 새로운 소개, 새로운 묘사, 새로운 설명이 요구되지요. 제 지상명령도 야나체크와 비슷한 겁니다. 즉 기법의 자동성과 장황함을 제거해 소설을 압축하라는 것이죠.

　살몽　두 번째로 당신은 '소설적 대위법이라는 새로운 기법'에 대해 얘기했는데, 브로흐의 경우는 그리 만족스럽지 않은 모양이군요.

　쿤데라　『몽유병자들』의 세 번째 소설을 보세요. 의도적으로 이질적인 다섯 요소, 다섯 '계열'로 구성되어 있습니다. 첫째, 파제노, 에슈, 후게나우라는 3부작 소설의 세 주요 인물 위에 세워진 소설적 이야기. 둘째, 한나 벤들링에 대한 내면 소설. 셋째, 군병원에 대한 르포. 넷째, 한 구세군 아가씨에 대한 시적 이야기.(이 일부는 운문으로 되어 있지요.) 다섯째, (학술적 언어로 쓰인) 가치들의 타락에 관한 철학적 논설 등이죠. 이 다섯 계열들 하나하나는 그 자체로는 대단합니다. 그러나 이것들은 반복적인 교체를 통해 (다시 말해 '다성적(polyphonique)'이려는 분명한 의도에 따라) 동시적으로 다루어지기는 하지만 하나로 통합되지 못하고, 쪼갤 수 없는 하나의 전체를 이루지도 못합니다. 달리 말하면 기술적인 면에서는 작가의 다성적 의도가 성취되지 못한 상태에 머물러 있다는 거죠.

　살몽　다성적이라는 용어가 문학에 적용되는 것은 비유적인 것인데 이 때문에 소설이 충족할 수 없는 요구가 생겨나지는 않을까요?

쿤데라　음악에서 다성(多聲)이라는 것은 완벽하게 결합되어 있으면서도 각기 나름대로 상대적인 독자성을 유지하는 둘, 혹은 그 이상의 여러 소리(선율)가 동시적으로 전개되는 것을 말합니다. 그렇다면 소설적 다성이란 무엇이냐? 우선 반대되는 것을 말하자면 단선적(單線的) 구성이죠. 그런데 이야기가 시작되면서부터 소설은 단선적 성격에서 벗어나 이야기로 계속 이어지는 서사 속으로 가지를 뻗으려 합니다. 세르반테스는 돈키호테의 단선적인 편력담을 들려줍니다. 그러나 그가 편력하는 동안 돈키호테는 다른 사람들을 많이 만나고 또 그들은 자신의 이야기를 들려줍니다. 1부에만도 이야기가 네 편 있지요. 이 네 개의 가지가 이 소설을 단선적 줄기에서 벗어날 수 있게 해 주는 거죠.

살몽　그렇지만 그건 다성적인 게 아니잖아요!

쿤데라　그건 여기에 동시성이 없기 때문입니다. 슈클로프스키의 용어를 빌려 말하면 소설이라는 '상자' 속에 '포장'된 소설인 셈이죠. 17세기와 18세기의 많은 소설가들에게서 이 '포장'이라는 방법을 찾아볼 수 있어요. 19세기에는 단선적 성격을 넘어설 수 있는 다른 방식이 개발되었는데 이 방법을, 꼭 적절하지는 않지만 우선 그런대로 다성적 방법이라 부를 수 있으리라는 거죠. 『악령』을 순전히 기법 관점에서만 분석해 보면 이 소설이 동시에 전개되는 세 계열로 구성되었다는 것과, 따라서 만일 필요하기만 했다면 독립적인 세 편의 소설로

만들어질 수도 있었으리라는 것을 알 수 있습니다. 세 계열이
란 첫째, 늙은 스타브로긴과 스테판 베르호벤스키 사이의 사
랑에 대한 아이러니 소설. 둘째, 스타브로긴과 그의 애인들 사
이의 낭만적 소설. 셋째, 혁명가 집단에 관한 정치 소설 등이죠.
모든 인물들이 서로 아는 사이이기 때문에 이 세 계열은 정교
한 서사 기법을 통해 쪼갤 수 없는 하나의 전체로 어렵지 않게
연결될 수 있었던 겁니다. 이 같은 도스토옙스키적 다성적 방
법에다 이제 브로흐의 방법을 대비해 보면, 브로흐의 경우가
훨씬 더 발전된 거예요. 비록 성격이 각기 다르기는 하나 어쨌
든 『악령』에서는 세 계열이 세 편의 소설적 이야기라는 같은
장르에 속해 있는 데 비해, 브로흐에게 다섯 계열은 소설, 단편
소설, 르포, 시, 에세이라는, 근본적으로 다른 장르들에 속하
지요. 이처럼 비소설적인 장르들을 소설의 다성적 특성 속에
통합한 데에 브로흐의 혁신적인 면모가 있는 겁니다.

　　살몽　하지만 당신 말대로라면 이 다섯 계열들은 서로 충분
히 잘 엮이지 않았다는 거죠. 사실 한나 벤들링은 에슈를 알지
못하고 젊은 구세군 아가씨는 한나 벤들링의 존재를 결코 알
수 없을 겁니다. 이처럼 서로 만나거나 교차하지 않는 다섯 계
열을 단일한 전체로 묶어 줄 수 있는 서사 기법은 없겠죠.

　　쿤데라　그것들은 단지 공통 주제에 의해서만 결합되어 있
습니다. 그러나 저는 이 주제적 결합만으로도 얼마든지 충분
하다고 생각해요. 분산의 문제는 다른 데 있어요. 다시 한 번

살펴봅시다. 브로흐에게 다섯 계열은 동시에 전개되지만 서로 만나지는 않고, 하나 혹은 여러 주제에 의해 결합되어 있습니다. 바로 이런 방식의 구성을 지칭하기 위해 저는 다성적 방법이라는 음악 용어를 빌려온 것이죠. 이렇게 소설을 음악과 비교하는 것이 전혀 터무니없는 일이 아니라는 건 당신도 잘 아실 거예요. 실제로 다성적 방법을 사용한 위대한 음악가들의 기본 원칙 가운데 하나는 바로 소리들의 등가성이었습니다. 어떤 소리도 지배해서는 안 되고, 어떤 소리도 단순한 부속물의 구실에 그쳐서는 안 된다는 거죠. 그런데『몽유병자들』의 세 번째 소설의 결함으로 보이는 것은 다섯 '소리'가 동등하지 않다는 거예요. 첫 번째 계열(에슈와 후게나우에 대한 '소설적' 이야기)은 나머지 다른 계열들에 비해 양적으로 훨씬 많은 자리를 차지하지요. 특히 에슈와 파제노의 중개를 통해 앞의 두 소설과도 연관되었다는 점에서 내용적으로도 특별히 취급되었어요. 그래서 특별한 관심을 유도하면서 나머지 네 '계열'을 단순한 '부속물' 역할에 국한시킬 우려가 있어요. 두 번째 사항은, 바흐의 푸가는 그 소리들 가운데 어떤 것도 없어서는 안 되지만, 반대로 독자적 텍스트를 이루는 한나 벤들링에 대한 단편소설이나 가치의 타락에 대한 에세이는 그게 없더라도 소설의 전체적인 의미나 이해가 상실되지는 않는 것 같아요. 그러니까 소설적 대위법의 필수 조건이란 첫째, 각 계열의 등가성, 둘째, 전체의 분리불가능성입니다. '천사들'이라고 제목을 붙인『웃음과 망각의 책』3부를 끝내던 날이 기억나는군요. 솔직히 말씀드리면 저는 이야기를 구성하는 새로운 방법을 발견했다고 확신하고는 말할 수 없이 뿌듯했지요. 이 텍스트는 다음과 같은 요소로 구성되었어요. 두 여학생과 그들의 영매(靈媒)에 대한 일화, 자전적 이야기, 한 여성 운동 책자에 대한 비평적 논설, 천사와 악마에 대한 우화, 프라하 상공을 비행하는 엘뤼아르에 관한 이야기 등이죠. 이 각각의 요소들은 다른 것 없이는 존재할 수 없습니다. 그것은 '천사란 무엇이냐?'라는 하나의 주제, 하나의 물음을 둘러싸고 서로를 조명하고 설명해 줍니다. 이 한 가지 물음이 그것들을 결합하는 것이죠. 또한 '천사들'이라는 제목이 붙어 있는 6부는 타미나의 죽음에 관한 몽환적인 이야기, 제 아버지의 죽음에 관한 자전적 이야기, 음악에 대한 생각들, 프라하를 황폐하게 만드는 망각에 대한 생각들 등의 요소로 구성되어 있습니다. 제 아버지와, 아이들에게 시달리는 타미나 사이에 어떤 연관이 있겠습니까? 그건, 초현실주의자들이 즐겨 쓰는 표현을 빌려 말하면, 동일한 주제라는 탁자 위에서의 '우산과 재봉틀의 만남'과 같은 겁니다. 소설적 다성이라는 건 기법이라기보다는 시에 훨씬 더 가까운 거죠.

살몽 『참을 수 없는 존재의 가벼움』에서 대위법은 훨씬 조심스럽군요.

쿤데라 다성적 특성은 6부에서 매우 뚜렷하게 나타나죠. 스탈린의 아들에 대한 이야기, 종교적인 생각들, 아시아에서의 정치적 사건, 방콕에서의 프란츠의 죽음, 보헤미아에서의 토마시의 장례식 등은 끊임없이 제기되는 '키치란 무엇이냐?'라는 질문에 결합되어 있습니다. 이 다성적 문장이 모든 구성의 관건이지요. 건축학적 균형의 비밀이 바로 여기에 있습니다.

살몽　어떤 비밀이죠?

쿤데라　두 가지가 있습니다. 첫째는 이 부분이 스토리 차원에서 쓰인 것이 아니라 에세이(키치에 대한 에세이) 차원에서 쓰인 것이라는 겁니다. 인물들의 단편적 삶들은 하나의 '예(例)', '분석되어야 할 상황'으로 이 에세이 속에 삽입된 것이죠. 이런 식으로 지름길을 통해 지나치면서 우리는 프란츠와 사비나 인생의 종말과, 토마시와 아들 사이의 관계가 풀리게 된다는 것을 알게 됩니다. 이러한 생략법은 구성을 엄청나게 가볍게 만들어 줍니다. 둘째는 연대기적인 순서 바꾸기입니다. 6부에서 일어나는 일들은 마지막 7부에서 일어난 사건들 이후의 일들이지요. 이러한 순서 바꾸기를 통해 마지막 부분은 목가적인 분위기에도 불구하고, 앞으로 어떻게 될 건가를 우리가 미리 알기 때문에 생겨나는 우수로 충만하게 되는 겁니다.

살몽　『몽유병자들』에 대한 당신의 소감으로 돌아가지요. 당신은 가치들의 타락에 대한 에세이에 유보의 뜻을 나타냈지요. 당신 생각으로는 그 명확한 어조와 학문적 용어 때문에 그것이 이 소설의 이데올로기적인 관건, 이 소설의 '진실'로 받아들여질 수 있고, 『몽유병자들』의 3부작 전부가 중요한 생각을 소설적으로 단순화한 설명으로 바뀔 수 있다는 것이죠. 당신이 '전적으로 소설적인 에세이의 기법'에 대해 말씀하신 까닭도 바로 이거죠.

쿤데라 우선 한 가지 분명한 사실이 있어요. 즉 소설의 몸으로 들어오면 성찰의 본질이 바뀌게 된다는 겁니다. 소설 바깥에서 사람들은 확인의 영역에 있죠. 사람들은 모두 자기가 하는 말에 대해 확신합니다. 경찰이건 철학자건 수위건 다 마찬가지예요. 그러나 소설의 영역에서는 확인하지 않습니다. 놀이와 가설의 영역이거든요. 그러니까 소설적 성찰이란 본질적으로 의문적이고 가설적인 겁니다.

살몽 그렇지만 어째서 소설가에게는 소설에 자신의 철학을 직접적이고 긍정적으로 표현할 수 있는 권리가 없는 건가요?

쿤데라 철학자가 생각하는 방식과 소설가가 생각하는 방식은 근본적으로 다릅니다. 사람들은 흔히 체호프, 카프카, 무질 등 많은 작가들의 철학에 대해 이야기를 하지요. 그러나 그들의 글에서 일관된 철학을 추려 내려고 해 보세요. 그들이 비망록에서 자신들의 생각을 직접적으로 표현하는 경우에서조차도 그 생각들이란 어떤 사상을 확인하는 것이라기보다는 성찰의 연습, 역설의 유희, 즉흥적 생각에 가깝죠.

살몽   그러나 『작가 일기』에서 도스토옙스키는 매우 직설
적이죠.

쿤데라   그의 생각의 위대함은 거기 있는 게 아니죠. 그가
위대한 사상가인 것은 다만 소설가인 그를 통해서입니다. 이
것이 의미하는 바는 그가 인물들을 통해 범상치 않을 정도로
풍부하고 새로운 지적 세계를 창조해 낼 줄 안다는 겁니다. 사
람들은 인물에 투영된 그의 생각을 찾아보기를 좋아하지요.
예를 들면 샤토프 같은 인물 말이에요. 그러나 도스토옙스키
는 대단히 주도면밀합니다. 처음 등장할 때부터 샤토프의 성
격은 아주 가차없이 부각되지요. "그는 갑자기 어떤 웅대한
생각에 사로잡혀 흔히 이것에 영원히 도취된 그런 러시아 이
상주의자들 가운데 한 사람이었다. 그들은 그 생각을 지배하
지는 못하고 다만 정열적으로 신봉하기만 할 뿐이어서, 그때
부터 이미 그들의 실존 전체는 그들을 반쯤 짓누르는 바윗덩
어리 아래에서 당하는 고통과 다름없는 것이 되어 버린다."
그러니까 도스토옙스키가 자신의 생각을 샤토프에게 투영하
기는 해도 그 생각은 순식간에 상대적인 것이 됩니다. 도스토
옙스키에게 있어서도, 일단 소설의 몸으로 들어오면 성찰의
본질이 달라지게 된다는 규칙, 교조적인 생각이 가설적인 생
각으로 바뀌게 된다는 규칙은 지켜지는 것이죠. 딱 한 사람 예
외가 있군요. 바로 디드로죠. 그의 훌륭한 소설인 『운명론자
자크와 그의 주인』을 보세요! 이 진지한 백과사전주의 철학자
의 생각도 일단 소설의 경계를 넘어서자 유희적으로 바뀌지

요. 그의 소설에 심각한 문장이라곤 없어요. 거기서는 모든 게 유희죠. 프랑스에서 이 소설이 부끄러워해야 할 정도로 과소 평가되었던 이유는 바로 이거예요. 사실 이 소설에는 프랑스 가 잃어버리고 나서 되찾으려 하지 않은 모든 것이 집약되어 있습니다. 오늘날 사람들은 작품보다 사상을 더 좋아하는데, 『운명론자 자크와 그의 주인』은 사상의 언어로는 도저히 옮길 수 없는 작품이죠.

살몽 『농담』에서는 야로슬라프가 음악에 관한 이론을 펼 치지요. 이러한 성찰의 가설적 성격은 분명합니다. 하지만 당 신 소설에는 당신이 직접 말하는 그런 구절도 있지 않나요?

쿤데라 말하는 사람이 저 자신이라 하더라도 제 생각은 인 물과 연결되지요. 저는 그를 대신해서, 그리고 그가 할 수 있 는 것보다 더 심층적으로 그의 태도와 그가 사물을 보는 방식 에 대해 생각해 보고자 하는 것이죠.『참을 수 없는 존재의 가 벼움』2부는 육체와 영혼 사이의 관계에 대한 성찰에서 시작 되죠. 그래요, 거기서 말하는 사람은 작가지만 그가 말하는 것 은 모두 테레자라는 인물의 자장 속에서만 효력을 갖습니다. 그건 (그녀 자신에 의해 수립되는 것은 아니지만) 테레자가 사물을 보는 방식인 거예요.

살몽 그러나 당신 생각이 아무런 인물과도 연결되지 않는 경우도 종종 있지요. 가령『웃음과 망각의 책』에서 음악에 대한 생각이라든가 『참을 수 없는 존재의 가벼움』에서 스탈린 아들의 죽음에 대한 생각 같은 것이죠.

쿤데라 그건 그래요. 저는 가끔 작가로서, 저 자신으로서 작품에 개입하기를 좋아합니다. 이럴 경우 문제는 어조에 달렸어요. 첫마디부터 제 생각은 유희적이거나 역설적이거나 도발적이거나 실험적이거나 의문적인 어조를 띠지요. 『참을 수 없는 존재의 가벼움』6부(「대장정」)는 그 전체가 '키치는 하찮은 것에 대한 절대부정이다.'라는 주된 명제를 둘러싼 하나의 논설입니다. 키치에 대한 이 생각들 모두가 제게는 대단히 중요합니다. 그 이면에는 많은 생각과 경험과 탐구, 심지어는 정열까지도 존재하지요. 그러나 그 어조는 결코 무겁지 않아요. 도발적이지요. 이러한 논설은 소설에서가 아니라면 생각할 수도 없는 겁니다. 제가 '전적으로 소설적인 에세이'라고 부른 건 바로 이런 겁니다.

살몽 당신은 소설적 대위법이 철학과 이야기와 꿈의 결합이라고 말씀하셨죠. 꿈에 대해 잠깐 이야기해 보죠. 『삶은 다른 곳에』2부 전체는 몽환적 서술로 가득 차 있고 『웃음과 망각의 책』6부 또한 그것에 바탕을 두었죠. 또 『참을 수 없는 존재의 가벼움』에서도 몽환적 서술이 테레자의 꿈을 통해 소설 전체에 흐르는데…….

쿤데라 몽환적 서술이라기보다는 이성의 통제에서 벗어

난 상상력, 그럴듯함에 대한 조바심에서 벗어난 상상력이 이
성적인 사고로는 접근할 수 없는 풍경 속으로 들어가는 것이
라고 말하는 게 좋을 것 같군요. 꿈이란 제가 현대 예술의 가
장 위대한 성취라고 생각하는 것과 같은 종류의 상상력에 지
나지 않는 겁니다. 그러나 이 통제되지 않은 상상력을, 본질적
으로 실존에 대한 유희적 탐구여야 하는 소설에 어떻게 통합
할 수 있습니까? 그렇게 이질적인 두 요소를 어떻게 결합합
니까? 그러기 위해서는 정말 연금술이 필요한 겁니다! 제가
보기에 이 연금술에 대해 가장 먼저 생각했던 사람은 노발리
스였어요. 그의 소설『푸른 꽃』첫 권에 그는 세 개의 꿈을 끼
워 넣었죠. 사람들이 톨스토이나 토마스 만 같은 작가들에게
서 찾을 수 있는 그런 종류의 꿈에 대한 '사실적' 모방이 아
니에요. 꿈에만 있는 '상상력의 기법'에서 영감을 받은 위대
한 시지요. 그러나 그는 이에 만족하지 않았습니다. 그에게 이
세 꿈은 소설 속에서 뿔뿔이 떨어진 섬처럼 보였습니다. 그래
서 여기서 더 나아가려고 두 번째 소설을 꿈과 현실이 서로 구
분되지 않을 정도로 서로 연결되어 섞인 식으로 서술하려 했
습니다. 그러나 그는 이 두 번째 소설을 쓰지 못했습니다. 그
가 우리에게 남긴 것은 자신의 미학적 의도를 적은 메모 몇 편
뿐이죠. 그의 이러한 의도는 120년 후에 프란츠 카프카에 의
해 실현되었습니다. 그의 소설들은 꿈과 현실의 빈틈없는 결
합입니다. 현대 세계를 향해 던져진 가장 유희적인 시선임과
동시에 가장 대담한 상상력이기도 하죠. 카프카는 무엇보다
도 거대한 미학적 혁명입니다. 예술적 기적이지요. 예를 들어

『성』에서 K가 프리다와 처음으로 사랑을 나누는 그 놀라운 장(章)이나 그가 초등학교 교실을 자신과 프리다와 두 조수의 침실로 바꾸는 장(章)을 보세요. 카프카 이전에는 그처럼 밀도 높은 상상력은 생각도 하지 못했죠. 물론 그걸 모방한다는 건 우스운 일일 거예요. 그러나 저는 카프카처럼 (그리고 노발리스처럼) 소설에다 꿈, 꿈에만 있는 상상력을 끌어들이고 싶은 욕망을 느낍니다. 그렇게 하는 저 나름대로의 방식은 '꿈과 현실의 결합'이 아니라 다성적 대립이죠. '몽환적' 이야기는 대위법의 여러 계열 가운데 하나지요.

살몽　다음으로 넘어가죠. 구성의 통일성 문제에 관한 이야기로 되돌아가 볼까요. 당신은『웃음과 망각의 책』을 '변주 형식의 소설'이라고 규정하셨죠. 그것도 소설인가요?

쿤데라　그것에 소설다운 면모가 보이지 않는 것은 행동의 통일성이 없기 때문입니다. 이러한 통일성이 없는 소설을 상상하기란 어려운 일이지요. '누보로망'의 실험들조차도 행동(혹은 무행동)의 통일성에 바탕을 두지요. 스턴과 디드로는 이 통일성을 아주 약하게 만드는 걸 즐겼죠. 자크와 그의 주인의 여행이 소설에서 차지하는 부분은 극히 일부에 지나지 않아요. 다른 일화나 이야기, 생각 들을 포장하기 위한 우스꽝스러운 평계에 불과합니다. 그러나 어쨌든 이 평계, 이 '상자'는, 이 소설이 소설로 여겨지기 위해서, 혹은 최소한 소설의 패러디로 여겨지기 위해서라도 반드시 필요한 거죠. 그러나 제 생

각으로는 소설의 일관성을 보장해 주는 더 깊은 무언가가 존
재합니다. 바로 주제의 통일성이죠. 언제나 그래요.『악령』의
세 계열은 서사 기법에 의해 결합되기도 하지만 무엇보다도
주제, 즉 신을 잃은 인간을 사로잡는 악령들이라는 동일한 주
제에 의해 결합된 겁니다. 각각의 계열 속에서 이 주제는 마치
하나의 사물이 세 개의 거울을 통해 비치듯이 각기 다른 각도
에서 관찰되지요. 소설 전체에 내적 일관성을 부여해 주는 것
은 바로 이 사물(추상적으로 말하면 주제)입니다. 이 내적 일관성
은 잘 드러나 보이지는 않지만 가장 중요한 겁니다.『웃음과
망각의 책』에서 전체의 일관성은 변주되어 가는 몇 가지 주제
(와 모티프)의 통일성에 의해서만 창조됩니다. 이런 게 소설이
냐고요? 제 생각엔 그렇습니다. 소설이란 상상적 인물을 통해
관찰된 실존에 대한 성찰이니까요.

살몽 그렇게 광범위한 정의에 따른다면『데카메론』같은
것도 소설이라고 부를 수 있겠군요! 단편들 전체가 사랑이라
는 동일한 주제로 결합되었고 같은 화자 열 명이 이야기를 전
개하니 말예요.

쿤데라 『데카메론』을 소설이라고 부를 정도로까지 대담해
지고 싶지는 않군요. 그러나 어쨌든 근대 유럽에서 이 책이 이
야기체 산문으로 큰 규모의 구성 방식을 창조하려 한 최초의
시도 가운데 하나라는 것, 그리고 최소한 소설의 뿌리이자 선
구자로 소설사의 한 부분을 이룬다는 것은 부정할 수 없는 사

실이지요. 당신도 아시다시피 소설의 역사는 그것이 택한 길로 접어들었으니까요. 소설의 역사는 다른 길로 접어들 수도 있었을 겁니다. 소설의 형식이란 거의 무한한 자유지요. 그러나 소설은 그 역사를 통해 이러한 자유의 혜택을 누리지 못했어요. 자유를 잃은 거죠. 소설은 아직 개발되지 않은 많은 형식상의 가능성을 남겨 놓고 있습니다.

살몽 『웃음과 망각의 책』을 제외하면 당신의 소설 역시 조금 느슨해졌기는 하지만 어쨌든 행동의 통일성에 바탕을 두었죠.

쿤데라 저는 항상 소설을 두 가지 차원에서 구성합니다. 첫 번째 차원에서는 소설적 이야기를 구성하죠. 저는 그 위에다 주제를 전개합니다. 주제는 소설적 이야기 속에서, 이야기에 의해 끊임없이 가공됩니다. 소설이 주제를 버리고 이야기를 들려주는 것만으로 만족해 버리면 싱거워지고 맙니다. 반대로 어떤 주제는 이야기 바깥에서 독자적으로 전개될 수도 있어요. 이러한 주제의 취급 방식을 저는 일탈이라고 부릅니다. 이 일탈이라는 용어가 의미하는 바는 잠깐 동안 소설의 이야기를 포기한다는 거죠. 예를 들면『참을 수 없는 존재의 가벼움』에서 키치에 대한 생각은 모두 일탈이죠. 소설의 이야기를 버리고 주제(키치)를 직접 공략하는 겁니다. 이런 관점에서 본다면 일탈은 구성의 훈련을 약화하는 것이 아니라 오히려 더 확실히 보장해 주는 겁니다. 저는 주제와 모티프를 구분합니다. 모티프라는 것은 주제나 이야기의 한 요소로서 소설이 진행되는 동안 항상 다른 맥락 속에서 여러 차례 반복되죠. 예를 들면 테레자의 삶으로부터 토마시의 생각 속으로 이어지는 베토벤의 사중주 모티프는 다른 주제, 가령 무거움이나 키치 같은 주제를 가로질러 가기도 합니다. 또 사비나/토마시, 사비나/테레자, 사비나/프란츠의 장면에서 보이는 사비나의 중산모자는 "이해받지 못한 말들"의 주제를 드러내는 것이기도 합니다.

살몽　그런데 당신이 말하는 주제의 정확한 의미는 뭐죠?

쿤데라　주제란 실존적 질문이죠. 그리고 저는 점점 더 그런 질문이 결국은 특정 단어들, 주제어들에 대한 면밀한 검토라는 것을 깨닫게 돼요. 이런 생각에 따라 저는 소설이 우선적으로 몇몇 기본 단어 위에 기초한다고 주장합니다. 쇤베르크의 "음표들의 시리즈"와도 유사하죠.『웃음과 망각의 책』에서 "시리즈"는 망각, 웃음, 천사, '리토스트', 경계선 같은 것들이죠. 이 주된 다섯 단어들은 소설이 진행되는 동안 줄곧 분석되고 연구되고 정의되고 다시 정의되어, 마침내 실존의 범주로 변환됩니다. 이 소설은 마치 집 한 채가 몇 개의 기둥 위에 세워진 것과 마찬가지로 몇 개의 범주 위에 세워진 것이죠.『참을 수 없는 존재의 가벼움』의 기둥들이란 무거움, 가벼움, 영혼, 육체, 대장정, 하찮은 것, 키치, 동정, 현기증, 힘, 허약함 등입니다.

살몽   당신 소설의 건축적 구상에 대해 이야기를 해 보죠. 당신의 소설들은 한 편만을 제외하고 모두 일곱 장으로 나뉘어 있지요.

쿤데라   『농담』을 쓰고 난 후 저는 그 작품이 일곱 부분으로 구성되는 게 지극히 당연하다고 생각했어요. 이어서 『삶은 다른 곳에』를 썼습니다. 거의 끝마칠 무렵에 보니 여섯 부분으로 되어 있더군요. 조금 불만스러웠습니다. 이야기가 좀 맥이 빠진 것처럼 보였거든요. 문득 주인공이 죽은 지 3년 뒤에(다시 말해 소설의 시간 밖에서) 일어난 일들의 이야기를 끼워 넣어야겠다고 생각했죠. 그게 바로 끝에서 두 번째 장인 「사십 대 남자」가 된 겁니다. 그러자 모든 게 완벽해졌죠. 나중에야 저는 이 6부가 『농담』 6부(「코스트카」)와 신기할 만큼 흡사하다는 것을 깨달았습니다. 『농담』 6부 또한 소설에 외부 인물을 끌어들여 소설의 벽에 은밀한 창을 열어 놓은 것이거든요. 『우스운 사랑들』은 원래는 열 개의 단편이었습니다. 그랬다가 최종적인 구성을 결정할 때 세 개를 없애 버렸죠. 이리하여 전체적으로 아주 짜임새 있게 되었죠. 이미 『웃음과 망각의 책』 구성을 앞질러 생각할 수 있을 정도로 말이에요. 같은 주제들(특히 신비화의 주제)이 일곱 이야기를 하나의 전체로 묶어 주는데, 그중 네 번째와 여섯 번째 이야기는 하벨 박사라는 동일한 주인공에 의해 한층 더 긴밀하게 연관되지요. 『웃음과 망각의 책』에 있어서도 4부와 6부는 타미나라는 동일 인물로 연결되었습니다. 『참을 수 없는 존재의 가벼움』을 쓸 때 저는 어떻게 해서든 7이라는 숫자의 숙명성을 깨뜨려 보려고 했어요. 오래전부터 그 소설은 여섯 부분으로 구상되었죠. 그런데 첫 부분의 형태가 끝내 만들어지지 않는 거예요. 결국 저는 이 부분이 사실상 두 부분이라는 것, 섬세한 외과 수술을 통해 둘로 분리해야 할, 한 몸으로 붙은 쌍둥이라는 것을 깨닫게 되었죠. 제가 이런 이야기들을 모두 털어놓는 것은 그것이 제 입장에서 볼 때에는 마술적인 숫자를 둘러싼 미신적 장난도 아니고 면밀한 계산에 의한 것도 아니라는 것, 오히려 심오하고 무의식적이며 이해할 수 없는 절대적 명령, 저로서는 결코 벗어날 수 없는 형식의 원형이라는 것을 말하기 위해서입니다. 제 소설들은 7이라는 숫자 위에 세워진 동일한 건축술의 변형인 셈이죠.

살몽　이러한 수학 체계가 어디까지 갈까요?

쿤데라　『농담』을 보세요. 이 소설은 루드비크, 야로슬라프, 코스트카, 헬레나, 이렇게 네 인물들을 통해 이야기되죠. 루드비크의 독백은 책 전체의 3분의 2를 차지하고 다른 사람들의 독백들은 모두 합해야 전체의 3분의 1(야로슬라프 6분의 1, 코스트카 9분의 1, 헬레나 18분의 1)을 차지할 뿐입니다. 이러한 수학적 구성을 통해, 제가 인물의 조명이라 부르는 것이 결정됩니다. 루드비크는 가장 밝은 곳에 있으면서 안으로부터(자신의 독백에 의해) 조명받기도 하고 밖으로부터(다른 사람의 독백은 모두 그의 모습을 추적하니까요.) 조명받기도 하지요. 야로슬라프가 책 전체의 6분의 1을 차지하는 독백으로 그려 내는 자화상은 루드비크의 독백에 의해 바깥으로부터 수정됩니다. 다른 사람들도 마찬가지예요. 각각의 인물들은 각기 다른 밝기, 각기 다른 방식으로 조명됩니다. 다른 사람들도 마찬가지예요. 가장 중요한 인물 중 한 사람인 루치에는 자신의 독백을 갖지 못하고, 그래서 그녀는 루드비크와 코스트카의 독백을 통해 오직 외부로부터만 조명됩니다. 내적 조명이 없는 까닭에 그녀는 신비롭고 이해할 수 없는 성격을 부여받는 겁니다. 말하자면 그녀는 유리창 저편에 있어서 사람들이 건드릴 수가 없는 거죠.

살몽   이 같은 수학적 구조는 미리 짜이는 건가요?

쿤데라   아녜요. 저는 이런 모든 것을, 『농담』이 프라하에서 출판된 후 체코의 한 비평가가 쓴 「『농담』의 기하학」이라는 글을 통해 알았습니다. 그 글은 제게 많은 것을 깨우쳐 주었습니다. 달리 말하면 이러한 '수학 질서'라는 것은 형식의 필요로부터 자연스럽게 오니 미리 계산할 필요는 없는 겁니다.

살몽   숫자에 대한 당신의 애착은 이런 데서 기인하는 건가요? 당신의 모든 소설에서 부(部)나 장(章)에는 모두 번호가 매겨져 있는데요.

쿤데라   저는 소설을 부로 나누고, 부를 장으로 나누고, 장을 다시 단락으로 나누는 것, 다시 말해 소설의 분할을 명확하게 하려고 합니다. 일곱 부는 각기 그 자체로 하나의 전체입니다. 각각의 것들은 나름대로 고유한 서술 유형에 따라 특징지어지죠. 예를 들면 『삶은 다른 곳에』 1부는 (각 장 사이의 인과관계를 중심으로 한) '연속적' 서술이고, 2부는 몽환적 서술, 3부는 (각 장 사이의 인과관계를 무시한) 비연속적 서술, 4부는 다성적 서술, 5부는 연속적 서술, 6부도 연속적 서술, 7부는 다성적 서술 등입니다. 또 이 각각에는 고유한 지평(이것은 다른 상상적 자아의 관점에서 이야기됩니다.)이 있습니다. 또한 각기 고유한 길이가 있지요. 『농담』의 길이 순서는 아주 짧음, 아주 짧음, 김, 짧음, 김, 짧음, 김이죠. 『삶은 다른 곳에』에서는 순서가 뒤집어집니다. 김, 짧음, 김, 짧음, 김, 아주 짧음이죠. 각 장도 그 자체로 하나의 조그만 전체가 되게 하고자 합니다. 제가 출판사 측에 숫자가 눈에 잘 띄도록 해 달라고 고집하는 것이나 각 장들을 아주 분명하게 구분해 달라고 고집하는 것은 이런 이유 때문이죠.(가장 이상적인 건 갈리마르 출판사의 방법입니다. 즉 각 장을 새로운 면에서 시작하게 하는 겁니다.) 한 번 더 소설과 음악을 비교해도 괜찮겠죠. 한 부는 박자예요. 각 장은 하나의 소절이고요. 이 소절들은 길기도 하고 짧기도 하고, 또는 길이가 아주 불규칙하지요. 이것은 우리를 템포 문제로 이끌어 갑니다. 제 소설들의 각 부분에는 모데라토, 프레스토, 아다지오 등과 같은 음악적 지시가 있을 수도 있을 겁니다.

살몽   그러니까 템포는 한 부의 길이와 그 부가 포함하는 각 장들 숫자 사이의 관계에 의해 결정되는 건가요?

쿤데라 이런 관점에서 『삶은 다른 곳에』를 봅시다.

1부	11장, 71쪽	모데라토
2부	14장, 31쪽	알레그레토
3부	28장, 82쪽	알레그로
4부	25장, 30쪽	프레스티시모
5부	11장, 96쪽	모데라토
6부	17장, 26쪽	아다지오
7부	23장, 28쪽	프레스토

보시다시피 5부는 96쪽에 장도 겨우 열한 개여서 조용하고도 흐름이 느리니까 모데라토이고, 4부는 30쪽이 스물다섯 개 장으로 나뉘어서 속도감이 매우 빠르니까 프레스티시모가 되는 거죠.

살몽 6부는 26쪽밖에 되지 않는데 장 수는 열일곱 개죠. 제가 잘 이해했다면 템포가 매우 빠른데 당신은 이걸 아다지오로 지시해 놓으셨군요.

쿤데라 왜냐하면 템포는 또 다른 것에 의해서도 결정되니까요. 다른 것이란 한 부의 길이와, 이야기되는 사건의 '실제적' 시간 사이의 관계죠. 5부 「시인, 질투하다」는 1년 동안의 생활을 보여 주는 것임에 반해, 6부 「사십 대 남자」가 실제로 다루는 시간은 불과 몇 시간에 지나지 않습니다. 그러니까 여기서 각 장의 길이가 짧은 것은 시간을 천천히 흐르게 하고 한 위대한 순간을 고정하는 역할을 하는 것이죠. 저는 이러한 템포의 교대가 대단히 중요하다고 생각합니다. 제게 있어 그것은 소설을 쓰기 전에 떠올리는 최초 생각의 일부가 되는 경우도 자주 있지요. 『삶은 다른 곳에』 6부의 아다지오(평온과 동정의 분위기)는 곧 7부의 프레스토(흥분되고 난폭한 분위기)로 이어지지요. 저는 이 마지막 교대에 이 소설의 모든 정서적 힘을 집중하려 했던 겁니다. 『참을 수 없는 존재의 가벼움』의 경우는 이와는 정반대죠. 쓰기 시작하면서부터 저는 마지막 부분(「카레닌의 미소」)이 피아니시모와 아다지오(별 사건 없는 차분하면서도 우수적인 분위기)가 되어야 하리라는 것을 알았고 또 그것이 포르티시모와 프레스티시모(「대장정」, 많은 사건들이 일어나 격렬하면서도 냉랭한 분위기)에 의해 이끌려야 하리라는 것을 알고 있었던 거죠.

살몽 그러니까 템포의 변화는 정서적 분위기의 변화까지도 내포하는 것이로군요.

쿤데라 음악에서 배울 수 있는 또 하나의 중요한 가르침이 있습니다. 음악의 각 소절은 좋은 것이든 나쁜 것이든 우리에게 정서적인 느낌을 전달해 줍니다. 교향곡이나 소나타에서 박자들의 순서는 언제나 느림과 빠름의 교대라는 불문율에 의해 결정되는데, 이것은 거의 자동적으로 우울한 박자와 경쾌한 박자를 의미하지요. 이 같은 정서적 교대는 금방 강제적인 상투형이 되어 버려서 오직 위대한 대가들만이(이들도 항상 그랬던 것은 아니지만) 그것을 극복할 수 있었습니다. 이런 의미에서 잘 알려진 곡을 예로 들어 말하자면 저는 쇼팽의 소나타 중에 3악장이 장송행진곡인 작품을 높이 평가합니다. 과연 이처럼 위대한 작별 후에 무엇을 더 말할 수 있겠습니까? 통상 그러듯이 빠른 론도로 소나타를 끝내나요? 베토벤조차도 그의 「피아노 소나타 op.26」에서 장송행진곡에 뒤이어 흥겨운 피날레를 배치해 이런 상투적 형식에서 벗어나지 못했죠. 쇼팽의 소나타 4악장은 전혀 색다릅니다. 빠르고 짧으면서 아무런 멜로디도 없어서 완전히 무감정한 피아니시모입니다. 먼 데서 들려오는 거센 바람 소리와 귀청이 터질 것 같은 소리는 완전히 잊히리라는 것을 예고하죠. 이처럼 감정적인 악장과 무감정적인 두 악장을 나란히 놓음으로써 우리를 목메게 만드는 겁니다. 정말 독창적이죠. 제가 이런 이야기를 하는 목적은, 소설 구성이란 여러 다른 정서적 공간을 배열하는 기술이라는 것, 그리고 제 생각에 이것이야말로 소설가의 가장 섬세한 기술이라는 것을 알려 드리기 위해서입니다.

살몽　음악적 교양이 당신의 글쓰기에 많은 영향을 끼쳤나요?

쿤데라　스물다섯 살까지만 하더라도 저는 문학보다 음악에 더 끌렸죠. 그 당시 제가 작곡했던 것 중에 가장 괜찮았던 것은 피아노, 비올라, 클라리넷, 북, 이렇게 네 가지 악기를 위한 작품이었습니다. 제 소설의 건축술을 단순화해서 미리 보여 주죠. 그때만 하더라도 제가 소설을 쓰리라는 것은 거의 생각지도 못했어요. 이「네 가지 악기를 위한 곡」은 일곱 부분으로 나누어진 것이었습니다. 소설에서와 마찬가지로 형식에 있어 서로 완전히 다른 부분들(재즈, 왈츠 변주곡, 푸가, 합창 등)로 구성되었고, 또 각각은 다른 악기(피아노와 비올라, 피아노 독주, 비올라, 북 등)로 구성되었습니다. 이 같은 형식적 다양성은 아주 큰 주제적 통일성에 의해 균형을 이루었습니다. 처음부터 끝까지 A와 B 두 주제만이 만들어졌으니까요. 마지막 세 부분은 당시 제가 아주 독창적이라고 생각했던 다성적 기법에 바탕을 둔 것이었습니다. 즉 서로 다르고 정서적으로 서로 어긋나는 두 주제를 동시에 전개해 나가는 것이었지요. 마지막 부분을 예로 들면 녹음기에는 3악장(클라리넷, 비올라, 피아노를 위한 장중한 합창으로 구상된 A주제)이 반복되고 동시에 북과 트럼펫(클라리넷 연주자는 클라리넷을 트럼펫으로 바꿔야 합니다.)이 B주제를(불규칙한 '야성적' 스타일로) 변용해서 끼어드는 겁니다. 그리고 한 가지 더 신기할 정도로 닮은 점이 있습니다. 즉 6부에 가서 새로운 주제 C가 딱 한 번 나타나는데『농담』에서 코스트카가, 그리고『삶은 다른 곳에』에서 사십 대 남자가 출현하는 것과 같죠. 제가 이런 말을 하는 것은 소설 형식, 소설의 '수학적 구조'라는 것이 미리 계산되는 것이 아니라는 사실, 그것은 무의식적인 명령이고 하나의 집착이라는 것을 보여 드리기 위해서예요. 옛날에는 이렇게 저를 사로잡는 형식이 저 자신에 대한 수학적 규정의 일종이라고까지 생각할 정도였죠.

그러다가 몇 년 전 베토벤의「현악 4중주 op. 131」을 유심히 연구하다가 형식에 대한 이런 자기중심적이고 주관적인 생각을 포기할 수밖에 없게 되었습니다. 보세요.

1악장	느림	푸가 형식	07분 21초
2악장	빠름	분류할 수 없는 형식	03분 26초
3악장	느림	한 주제의 단순한 제시	00분 51초
4악장	느리고 빠름	변주곡 형식	13분 48초
5악장	매우 빠름	스케르초	05분 35초
6악장	매우 느림	한 주제의 단순한 제시	01분 58초
7악장	빠름	소나타 형식	06분 30초

아마도 베토벤은 바흐 이후 음악에서 가장 위대한 건축가일 겁니다. 그가 물려받은 소나타는 네 악장이 한 사이클을 이루도록 구상된 것으로서 그 조합은 어떤 때는 아주 자의적인 경우도 많았습니다. 그중 (소나타 형식으로 쓰인) 첫째 악장은 항상 (론도나 미뉴에트 형식으로 쓰인) 다른 악장들보다 큰 중요성을 지니기 마련이었죠. 베토벤의 예술적 진보는 이러한 조합을 진정한 통일성으로 바꾸고자 한 의지에서 두드러지게 드러납니다. 이리하여 그는 피아노 소나타에서 비중의 중심을 첫 악장에서 마지막 악장으로 서서히 이동시켰고 종종 소나타를 단 두 악장만으로 줄이기도 했고(이 두 악장은「피아노 소나타 14번 op. 27 No.2」와「피아노 소타나 21번 op. 53」에서처럼 간주곡에 의해 분리되기도 하고, 어떤 때는「피아노 소타나 32번 op. 111」에서처럼 나란히 배열

되기도 하지요.) 같은 주제를 다른 악장에서 연주하기도 했습니다. 그러면서 그는 이 통일성에 최대한 다양한 형식을 부여하고자 했습니다. 그는 여러 차례에 걸쳐 소나타에 푸가를 삽입하기도 했는데 대단한 용기를 의미하는 겁니다. 당시만 하더라도 푸가는 아주 이질적으로 여겨졌으니까요. 어느 정도로 이질적이냐 하면 브로흐의 소설에서 가치 타락에 대한 에세이가 주는 느낌만큼이나 이질적이죠. 「현악 4중주 op. 131」은 건축적 완성도의 극치에 도달했죠. 지금까지 우리가 말한 것 가운데 한 가지 세부적 사실, 즉 길이의 다양함에만 집중해서 이야기해 보도록 할까요. 이것의 3악장은 다음 악장에 비해 길이가 15분의 1밖에 되지 않아요. 바로 이렇게 기이할 정도로 짧은 두 악장(3악장과 6악장)이 서로 길이가 다른 일곱 악장들을 하나로 묶어 주고 지탱해 주는 겁니다! 만일 모든 악장들의 길이가 거의 다 같다면 전체적인 통일성은 깨져 버릴 거예요. 그 이유까지 설명드릴 수는 없지만, 아무튼 그렇게 되어 있는 거예요. 길이가 같은 악장 일곱 개라는 것은 마치 커다란 장롱 일곱 개가 나란히 놓인 거나 다를 바 없지요.

살몽 『이별의 왈츠』에 대해서는 거의 말씀이 없으시군요.

쿤데라 어떤 의미에서 그 작품은 제게 가장 소중한 소설이죠. 『우스운 사랑들』과 마찬가지로 저는 그 작품을 다른 소설들보다 더 즐겁고 흥겹게 썼어요. 다른 기분으로 쓴 거죠. 또 훨씬 빨리 쓰기도 했고요.

살몽 이 소설은 다섯 부밖에 안 되는군요.

쿤데라 『이별의 왈츠』는 제 다른 소설들의 원형적 형식과
는 전혀 다릅니다. 아주 동질적이지요. 일탈도 없고요. 한 가
지 소재를 대상으로 같은 템포로 이야기해 나가는 거예요. 매
우 극적이고 간단해졌고 보드빌(vaudeville, 통속극)에 바탕을
두었죠. 『우스운 사랑들』에는 「콜로키움」이라는 단편이 있습
니다. 체코어로는 심포지움이라고 하는데, 플라톤의 『심포시
온(Symposion, 향연)』의 암시적 패러디죠. 사랑에 대한 긴 토
론인데, 이 「콜로키움」이 『이별의 왈츠』와 똑같은 방식으로
구성되어 있습니다. 즉 5막짜리 보드빌인 거죠.

살몽 당신이 말하는 '보드빌'의 의미는 뭔가요?

쿤데라 플롯과 그 모든 장치들, 즉 기대하지 않은 과장된 일
치라는 장치를 엄청나게 부각하는 형식이죠. 소설에서 희극적
으로 과장된 플롯보다 더 의심받고 우스꽝스럽고 낡아 빠지고
나쁜 취미가 되어 버린 것은 없어요. 플로베르 이후로 소설가
들은 플롯의 인위성을 없애려 애쓰게 되었고 이렇게 해서 소
설은 종종 삶의 지루함보다 더 지루해져 버리고 말았죠. 그러
나 최초의 소설가들은 그럴듯하지 않은 것에 대한 이런 경계
심이 없었죠. 『돈키호테』 1편에는 에스파냐 한가운데 어딘가
에 술집이 있어서 사람들이 모두 우연히 여기서 만나지요. 돈
키호테, 산초 판사, 그들의 친구인 이발사와 신부, 돈페르난도

라는 사람에게 약혼자 루신다를 빼앗긴 청년 카르데니오, 조
금 뒤에는 돈페르난도에게서 버림받은 약혼녀 도로테아, 그리
고 나중에는 돈페르난도와 루신다, 무어인의 감옥에서 탈출
한 대위, 몇 년 전부터 이 군인을 찾아다니던 동생, 그의 딸 클
라라, 그리고 그녀를 쫓아다니면서 한편으로는 자기 아버지가
보낸 시종들에게 쫓기는 클라라의 애인……. 그야말로 우연
의 연속이고 모두가 전혀 그럴듯하지 않은 만남이지요. 그러
나 세르반테스에게서는 이것을 유치함이나 서투름으로 생각
해서는 안 돼요. 그 당시 소설은 아직 독자들과 그럴듯함의 약
속을 맺지 않았으니까요. 당시 소설은 현실을 모방하려 한 것
이 아니라 즐겁게 해 주고 놀라게 해 주고 솔깃하게 해 주려는
것이었지요. 유희적인 것이었고 소설의 묘미 또한 바로 여기서
찾을 수 있었습니다. 19세기가 시작되면서 소설 역사에 엄청
난 변화가 생기게 되었습니다. 거의 충격적이라고까지 할 만
한 변화였죠. 현실을 모방해야 한다는 요구가 절대적이 되어
버리면서 세르반테스의 술집은 졸지에 우스꽝스러워지고 말
았죠. 20세기에 들어와서는 간혹 이러한 19세기적 유산에 반항
하는 모습이 보이기도 합니다. 그래도 세르반테스의 술집으로
간단히 되돌아가는 것은 불가능해요. 그것과 우리 사이에는
19세기 리얼리즘의 체험이 가로놓여 있어서 그럴듯하지 않은
것들 사이의 일치라는 유희가 더 이상 순진할 수 없어져 버린
것이죠. 그 유희는 의도적으로 우스꽝스러워지거나, 역설 또
는 패러디가 되거나, 예를 들면 『교황청의 지하실(Les Caves du
Vatican)』이나 『페르디두르케』처럼요, 아니면 환상적 몽환적

으로 되어 버리는 겁니다. 카프카의 첫 번째 장편소설 『아메리카(실종자)』가 바로 이에 해당합니다. 1장에서 카를 로스만과 그의 외삼촌이 만나는 전혀 그럴듯하지 않은 장면을 보세요. 마치 세르반테스의 술집에 대한 향수 어린 추억과도 같죠. 그러나 이 소설에서 그럴듯하지 않은 (심지어는 불가능한) 상황들은 아주 정교하게, 현실에 대한 환상을 통해 환기되어서 우리는 전혀 그럴듯하지 않기는 하지만 현실보다 더 현실적인 세계로 들어가는 듯한 느낌을 받게 됩니다. 이걸 잘 알아야 합니다. 즉 카프카는 세르반테스의 술집을 통해, 보드빌의 문을 통해 그의 첫 번째 '초 – 현실'의 세계(그의 첫 번째 '꿈과 현실의 결합')로 들어간 것이죠.

살몽　보드빌이라는 말은 재미라는 생각을 떠올리게 하는군요.

쿤데라　그 시초에 있어 유럽의 위대한 소설들은 재밋거리였고 진정한 소설가들은 모두 그에 대한 향수를 지니고 있습니다! 재미라는 것이 진지함을 없애는 것도 아니고요. 우리는 『이별의 왈츠』를 통해 인간은 이 땅 위에서 살 만한 가치가 있는 존재들인가, 이 지구를 '인간의 발톱으로부터 해방'해야 하는 것은 아닌가라는 의문을 갖게 됩니다. 이렇게 지극히 무거운 문제를 지극히 가벼운 형식과 결합하는 것이 바로 제가 줄곧 매달렸던 문제죠. 순전히 예술적 야망만의 문제는 아니에요. 가벼운 형식과 무거운 주제의 결합이라는 것은 (우리의 잠자리에서 일어나는 것들과 함께 역사라는 커다란 무대에서 우리가 연출해 내는) 우리의 드라마를 그 끔찍한 무의미를 통해 드러내 보여 주는 것이죠.

살몽   그러니까 당신의 소설에는 두 가지 원형적 형식이 있는 것이군요. 첫째, 7이라는 숫자에 바탕을 둔 건축술을 통해 이질적인 요소들을 결합하는 다성적 구성. 둘째, 희극적, 동질적, 극적이면서 그럴듯하지 않음과 맞닿아 있는 구성.

쿤데라   저는 항상 뜻밖의 위대한 배반을 꿈꿉니다. 그러나 현재로서는 이 두 형식과의 이중혼 관계에서 벗어나지 못하는군요.

5부　　　저 뒤쪽 어디에

1

내 친구 요세프 슈크보레츠키는 그의 저서들 중 한 권에서 다음과 같은 실화를 들려주었다.

프라하의 한 엔지니어가 런던의 학술 토론에 초청되었다. 그는 런던으로 가 학회에 참석한 후 프라하로 돌아온다. 돌아온 지 몇 시간 후 그는 사무실에서 당 기관지《루데 프라보》를 펼쳐 들고 읽는다. 거기에는 런던의 학술 대회에 파견되었던 한 체코인 엔지니어가 서방 신문들에 사회당을 비방하는 성명을 발표하고는 서방 세계에 남기로 결정했다는 기사가 실려 있다.

이러한 성명과 결부된 비합법적 망명은 결코 사소한 일이 아니다. 20여 년의 감옥살이를 각오해야 하는 일이다. 그 엔지니어는 눈을 의심하지 않을 수 없다. 그 기사에서 문제가 되는 사람이 바로 자신이라는 데에는 의심의 여지가 없다. 그의 비서가 사무실로 들어오다가 그를 보고는 소스라치게 놀란다. 그녀가 말한다. 맙소사, 당신이 돌아오시다니! 현명하지 못한 처사예요. 당신에 대한 글을 읽었죠?

엔지니어는 비서의 겁에 질린 눈을 보았다. 그가 무엇을 할 수 있을 것인가? 그는 서둘러《루데 프라보》편집국을 찾아간다. 그는 편집장을 찾는다. 편집장은 진심으로 미안해한다. 이번 일은 정말 골치 아프다. 그러나 자기가 편집장이긴 해도 이 일에 대해서만은 속수무책이라는 것이다. 그 기사 내용은 내무성에서 직접 전달된 것이었다.

그리하여 엔지니어는 내무성을 찾아간다. 내무성 사람들은 착오로 생긴 일이 분명하다고 그에게 말한다. 그러나 내무성에서도 아무런 조치를 취할 수가 없다. 그들은 런던 주재 대사관 비밀 정보원으로부터 이 보고서를 받았다는 것이다. 엔지니어는 정정 기사를 요구한다. 사람들이 그에게 말한다. 아니요, 정정 기사는 낼 수 없습니다. 그러면서 사람들은 아무 일 없이 조용히 지낼 수 있을 것이라고 그를 안심시킨다.

그러나 엔지니어의 생활은 이제 조용해질 수가 없다. 오히려 그는 금세 자신이 아주 엄중하게 감시당하며 전화를 도청당하고 길에서는 줄곧 미행당한다는 것을 눈치채게 된다. 이제 그는 잠조차 잘 수 없다. 그는 악몽에 시달리다가 결국 더 이상 견딜 수가 없어서 불법적으로 자신의 조국을 떠나려는 진짜 모험을 몇 번이나 시도하게 된다. 이리하여 그는 진짜 망명자가 되어 버리는 것이다.

2

　내가 지금 들려준 이야기에 대해 사람들은 아무런 망설임 없이 카프카적이라고 할 것이다. 한 예술 작품에서 유래되고 오직 한 소설가의 이미지에 의해 규정된 이 용어는 다른 어떤 단어도 포착할 수 없고 정치학, 사회학, 심리학도 우리에게 열쇠를 제공해 줄 수 없는 (문학적이면서 또한 현실적인) 여러 상황의 유일한 공통분모처럼 보인다.

　도대체 카프카적이라는 것은 어떤 것인가?

　몇 가지 측면에서 서술해 보도록 하자.

　첫째　그 엔지니어는 보이지 않는 미로의 성격을 가진 권력과 대결하고 있다. 그는 그 끝없는 복도의 끝에 결코 이르지 못할 것이며 누가 자신에게 사형 선고를 내렸는가를 알아내는 데에도 성공하지 못할 것이다. 따라서 그는 법정 앞에서의 요제프 K나 성 앞에서의 측량사 K와 같은 상황에 처한 것이다. 이들은 모두 거대한 미로 같은 제도에 불과한 세계의 한가운데에 놓여 있다. 그들은 이 세계에서 벗어날 수도 없고 이 세계를 이해할 수도 없다.

카프카 이전에도 간혹 소설가들은 제도가 다양한 개인적, 사회적 이해관계가 서로 충돌하는 격투장이라는 것을 밝혀내기도 했다. 카프카에게 제도는 그 자체의 법칙만을 따르는 메커니즘이다. 그 법칙은 언제, 누구에 의해 만들어진 것인지도 알 수 없고, 인간적 이해관계와는 아무런 상관도 없으며 따라서 이해되지도 않는다.

둘째 『성』5장에서 마을 촌장은 K에게 그의 서류에 관한 긴 내력을 자세히 설명해 준다. 10여 년 전, 마을에 측량사를 한 사람 채용하라는 지시가 성에서 촌장에게 전달된다. 이에 대해 촌장은 문서를 통해 부정적인 회답(측량사는 필요 없다.)을 보내지만 그 회답은 다른 사무실에서 실종된다. 이리하여 오래전부터 이어진 관료적 착오의 사소한 장난으로 말미암아 어느 날 진짜 초청장이 K에게 잘못 보내진다. 그러나 그때는 관련된 모든 행정 관청들이 이미 시효가 지나 버린 옛 지시에 대해 까맣게 잊어버린 후다. 그러니까 K는 오랜 여행 끝에 착오로 그 마을에 도착하게 된 것이다. 이보다 더한 것은 그에게는 이 마을을 거느린 성 외에 달리 가능한 세계가 없나는 점에서, 그의 실존 전체가 하나의 착오인 것이다.

카프카적인 세계에서 서류는 플라톤의 이데아와도 흡사하

다. 그것은 진정한 실체를 반영한다. 반면에 인간이라는 육체적 존재는 환영의 영사막에 투영된 그림자에 지나지 않는다. 과연 측량사 K나 프라하의 엔지니어는 그들이 지닌 신상 카드의 그림자에 지나지 않는다. 아니, 실제로 그들은 이보다 더 하찮은 존재들이다. 그들은 서류상 착오의 그림자, 다시 말해 그림자로 존재할 수 있는 권리조차도 지니지 못한 그림자인 것이다.

그러나 만일 인간의 삶이 그림자에 지나지 않고 진짜 현실은 다른 곳, 즉 다가갈 수 없는 비인간적이거나 초인간적인 세계에 있는 것이라면 우리는 졸지에 종교에 빠지게 되는 것이다. 실제로 카프카에 대한 초기 해석자들은 그의 소설을 종교적 우화라고 설명하기도 했다.

내가 보기에 이런 해석은 옳지 않다.(이런 해석은 카프카가 인간 삶의 구체적 상황을 포착한 곳에서 알레고리만을 본다.) 그런데도 다음과 같은 사실들을 시사해 준다. 즉 권력이 신격화되는 모든 곳에서 권력은 저절로 자신의 고유 종교를 만들어 낸다는 것, 권력이 신처럼 행동하는 모든 곳에서 그 자신을 향한 종교적 감정을 촉발한다는 것, 세계는 종교적인 언어 체계로 묘사될 수 있게 된다는 것 등.

카프카가 종교적 알레고리를 쓴 것은 아니지만, 카프카적인 것(현실이건 소설이건)은 종교적(정확하게는 사이비 종교적) 측면과 불가분의 관계다.

셋째　라스콜니코프는 무거운 죄의식을 감당할 수가 없어

평온을 찾기 위해 스스로 처벌받고자 한다. 이것은 잘못이 벌을 청하는 잘 알려진 상황이다.

카프카에게서 이러한 논리는 뒤집어진다. 벌받는 자는 자기가 왜 벌을 받는지 그 이유를 알지 못하는 것이다. 그 부조리함을 도저히 감당할 수 없어서 벌받는 사람은 평온을 찾기 위해 자기가 당하는 고통을 합리화하고자 한다. 벌이 잘못을 만드는 것이다.

프라하의 엔지니어는 경찰의 집요한 감시로 벌을 받는 것이다. 이 벌은 저질러지지도 않은 죄를 요구한다. 그래서 망명했다는 이유로 고발당한 엔지니어는 결국에는 영원히 망명하게 되는 것이다. 벌은 마침내 죄를 찾아낸다.

『소송』7장에서 자기가 무엇 때문에 고발당했는지 알지 못하는 K는 자신의 생애와 과거를 "아주 자질구레한 일들까지 모두" 면밀히 검토해 보기로 결심한다. '스스로를 죄인으로 만드는' 기계가 작동하기 시작한다. 피고가 자신의 죄를 찾는 것이다.

어느 날 아말리아는 성의 관리에게서 음란한 편지를 받는다. 화가 난 그녀는 편지를 찢어 버린다. 성은 아말리아의 이러한 경솔한 행동에 대해 비난할 필요도 없다. (프라하의 엔지니어가 자신의 비서에게서 보았던 것과 같은) 공포가 저절로 활동을 대신한다. 성에서는 아무런 명령도 내리지 않고 어떤 기미를 느낄 만한 신호도 없었는데도 사람들은 모두 아말리아의 가족을 피한다. 마치 그들이 페스트에 걸리기라도 한 것처럼.

아말리아의 아버지는 자기 가족을 변호하고자 한다. 그러나 쉽지 않다. 도대체 어느 누가 선고를 내린 것인지도 알 수 없지만 선고 자체가 존재하지 않는 것이다! 소송 청구를 하기 위해서는, 그리하여 자비를 구하기 위해서는 우선 죄인이 되어야 한다! 그래서 아말리아의 아버지는 성에다가 딸의 죄를 선고해 달라고 청한다. 이것이 벌이 죄를 찾는 것이라고 말하는 것은 충분하지 않다. 이 사이비 종교의 세계에서는 벌받는 자가 사람들에게 자신이 죄인임을 알아봐 달라고 간청하는 것이다!

요즘 프라하 사람들은 당국의 미움을 받게 되면 하찮은 일자리도 구하지 못한다. 그는 자신의 전과를 말소해 줄 것과 취업금지 조치를 철회해 줄 것을 간청하지만 다 부질없는 일이다. 선고된 적이 없는 것이다. 그런데 프라하에서 노동은 법으로 규정된 의무이기 때문에 그는 결국 무위도식자로 기소된다. 이는 그에게 일하지 않는 죄가 있음을 뜻한다. 벌은 죄를 찾아낸다.

넷째   프라하의 엔지니어 이야기는 재미있는 이야기, 만들어 낸 농담 같은 성격을 띤다. 웃음을 자아낸다.

누군지 전혀 알 수 없는 두 사람(프랑스어 판 번역에서 풍기는 것처럼 '형사'가 아니다.)이 어느 날 아침 요제프 K를 잠자리에서 깨워 그가 체포되었다고 말하고는 그의 아침 식사를 먹어 치운다. 잘 훈련된 사무원 K는 그들을 아파트에서 쫓아내는 대신 잠옷 차림으로 그들 앞에서 장황하게 자신을 변호한다. 카프카가 친구들에게 『소송』 1장을 읽어 주었을 때 사람들은 모두 웃었다. 작가 자신까지도. 그들의 웃음은 타당했다. '카프카적인 것'에서 우스꽝스러움은 떼려야 뗄 수 없는 것이다.

그러나 엔지니어에게는 자기 이야기가 우스꽝스럽다는 것을 아는 게 별로 큰 위안이 되지 않는다. 그는 마치 물고기가 어항 속에 갇힌 것처럼 자신의 삶에 대한 농담 속에 자신이 갇혔음을 깨닫는다. 그에게 그 이야기는 조금도 재미있지 않다. 실제로 그 이야기를 재미있어 할 수 있는 사람은 어항 앞에 있는 사람들뿐이다. 그러나 카프카적인 것은 우리를 안으로, 농담의 내장 속으로, 우스꽝스러움의 무서움 속으로 끌고 들어간다.

카프카적인 것의 세계에서 우스꽝스러움은 셰익스피어와 달리, 비극의 대위법적 변주로 제시되는 희비극이 아니다. 그것은 가벼운 어조를 통해 비극을 좀 더 참을 만한 것으로 만들어 주지 않는다. 그것은 비극적인 것을 전혀 수반하고 있지 않다. 그것은 희생자들이 여전히 기대해 볼 만한 유일한 위안, 즉 비극의 (진짜든 꾸민 것이든) 위대함에 내재된 위안을 박탈함으로써, 비극을 알〔卵〕의 단계에서부터 파괴해 버린다. 엔지니어는 조국을 잃었는데 그 이야기를 듣는 사람은 모두 웃는다.

3

　산다는 것이 카프카의 소설과 비슷하던 시대가 현대사에도 있었다.

　프라하에 살 당시 나는 당 청사(약간 현대식의 흉측한 건물)를 '성'이라고 부르는 것을 무척 자주 들었다. 또한 당의 이인자(헨드리크라는 동무)를 클람이라는 별명으로 부르는 것을 얼마나 자주 들었던가.(더구나 체코어인 이 별명의 뜻이 '허깨비' 혹은 '속임수'여서 한층 더 잘 어울렸다.)

　1950년대 공산당의 실력자였던 시인 N이 스탈린식 재판을 받고는 감옥에 갇히게 되었다. 감방에서 그는 시집을 한 권 썼다. 그에게 닥쳤던 모든 공포에도 불구하고 그는 이 시집을 통해 공산주의에 대한 충성을 고백했다. 그가 비겁했기 때문이 아니다. 시인은 그 충성(자신의 사형 집행인에 대한 충성)이 자신의 덕성과 정직성을 드러내 준다고 생각했던 것이다. 이 시집을 접한 프라하 사람들은 이것을 요제프 K의 감사하는 마음이라는 멋진 역설로 불렀다.

카프카 소설의 이미지, 상황, 몇몇 특별한 구절들은 프라하에서는 삶의 한 부분이었다.

이것을 놓고 카프카의 이미지가 프라하에서 생생했던 까닭은 그것이 전체주의 사회에 대한 예견이기 때문이라는 결론을 내리고 싶은 생각도 들 것이다.

그러나 이러한 단정적인 생각은 수정되어야 한다. 카프카적인 것은 사회적이거나 정치적인 것이 아니다. 사람들은 카프카의 소설을 산업사회에 대한 비판, 착취와 소외와 부르주아적 윤리, 간단히 말해 자본주의에 대한 비판이라고 설명하려고 애썼다. 그러나 카프카의 세계에서 자본주의를 이루는 것은 거의 찾아볼 수 없다. 거기에는 돈도, 돈의 위력도 없고 사유재산과 토지도 없으며 계급투쟁도 없다.

카프카적인 것은 전체주의에 대한 정의(定義)와도 부합하지 않는다. 카프카의 소설에는 당도, 이데올로기와 그 어휘들도, 정치국도, 경찰도, 군대도 없다.

그러니까 카프카적인 것이란 차라리 인간과 세계의 원초적인 가능성, 역사적으로 결정된 것은 아니지만 인간을 영원히 따라다닐 수 있는 가능성의 표현처럼 느껴진다.

그러나 이렇게 규명한다고 해서 모든 문제가 다 해결되는 것은 아니다. 어째서 프라하에서는 카프카의 소설이 실생활과 혼동되며, 똑같은 소설이 어째서 파리에서는 전적으로 주관적인 작가가 세계를 신비주의적으로 표현한 것이라고 이해되는 것인가? 이것은 카프카적이라고 하는 인간과 세계의 가능성이 파리에서보다 프라하에서 더 쉽사리 구체적 운명으로 바뀔 수 있음을 의미하는 것인가?

현대 역사에는 카프카적인 것을 커다란 사회적 규모로 생산해 내는 경향이 있다. 권력의 점진적인 집중은 스스로 신격화되는 경향이 있고, 사회 활동의 관료화는 모든 제도들을 끝이 보이지 않는 미로로 바꾸어 놓는다. 이로부터 개인의 비인격화가 초래된다.

이러한 경향이 극단적으로 집중된 전체주의 국가들은 카프카의 소설과 실제 삶 사이의 긴밀한 관계를 입증했다. 그러나 설혹 서구 세계에서는 이 같은 관련성이 보이지 않는다 하더라도, 그것은 이른바 민주주의적 사회가 오늘날 프라하보다 덜 카프카적이어서가 아니다. 내가 보기에 그것은 이곳 사람들이 현실에 대한 감각을 치명적으로 잃어버렸기 때문이기도 하다.

이른바 민주주의적인 사회 역시 비인격화와 관료주의화의 과정을 겪고 있다. 지구 전체가 이 과정의 무대가 되어 버렸다. 카프카의 소설은 이러한 세계에 대한 몽환적이고 상상적인 과장이다. 전체주의 국가는 그것의 산문적이고 물질적인 과장이다.

그러나 어째서 카프카가 이러한 경향을 최초로 포착한 작가였는가? 그 경향이 역사의 무대 위에 명확하고도 잔혹하게 그 모습을 드러낸 것은 그가 죽은 후의 일인데도 말이다.

4

신비화와 전설에 현혹되지만 않는다면 프란츠 카프카의 정치적 관심 어디에도 의미 있는 흔적이라고는 보이지 않는다. 이런 의미에서 그는 막스 브로트, 프란츠 베르펠, 에곤 에르빈 키쉬 같은 그의 프라하 친구들이나, 역사의 의미를 알려고 한다면서 미래 모습을 그려 내기만을 즐겼던 다른 전위주의자들과 구별된다.

그렇다면 이들의 작품이 아니라, 자신의 삶에만 집중된 내향적 예술을 펼쳐 보인 고독한 친구의 작품이 사회-정치적 예언으로 받아들여지고, 또 이로 인해 지구 많은 곳에서 금서가 된 이유는 무엇인가?

어느 날 나는 오래 알고 지내던 한 여자 친구의 집에서 사소한 광경을 목격하고 나서 이 문제에 대해 생각해 본 적이 있었다. 그 여자는 1951년 프라하에서 숱하게 벌어졌던 스탈린식 재판 과정에서 체포되어 저지르지도 않은 죄에 대한 재판을 받았다. 당시에는 그녀뿐만 아니라 공산당원들 수백 명이 똑같은 상황에 처했다. 그들은 살아 오면서 줄곧 자신과 당을 동일시해 온 사람들이었다. 갑자기 당이 자신들에 대한 고발자가 되자 그들은 요제프 K를 본받아 자신들의 숨겨진 죄를 찾기 위해 "아주 자질구레한 것들에 이르기까지 과거의 삶을" 샅샅이 돌이켜 보고는 마침내 상상의 죄를 자백했다. 내 여자 친구는 그녀의 비범한 용기 덕택에 이들이나 시인 N과 달리 "자신의 잘못을 찾아내기"를 거부해 목숨을 건질 수 있었다. 사형 집행인을 도와주기를 거부한 그녀는 최종 재판에서 필요 없는 존재가 되어 버린 것이다. 이리하여 그녀는 교수형을 면하고 무기징역에 처해졌다. 15년 후 그녀는 완전히 복권되어 풀려나왔다.

그녀가 체포되었을 때 그녀의 아들은 한 살이었다. 감옥에서 나오게 되었을 때 아들은 이미 열여섯 살이었고 그들은 둘이서 오붓하게 살아갈 수 있는 행복을 누리게 되었다. 그녀가 아들을 얼마나 사랑했는가를 이해하기란 그리 어려운 일이 아니다. 어느 날 그들을 만나러 갔을 때 아들은 벌써 스물여섯 살이었다. 어머니는 상심하고 화가 나서 울고 있었다. 사연인즉 별로 대단한 일도 아니었다. 아들이 늦잠을 잤거나 뭐 그와 비슷한 일이었다. 나는 그의 어머니에게 말했다.

"왜 이런 하찮은 일에 그렇게 마음이 상했어요? 그게 울 만한 일이에요? 좀 심한 것 같군요!"

어머니 대신 아들이 대답했다.

“아니에요. 어머니가 심하신 게 아니에요. 어머니는 아주 용기 있는 훌륭하신 분이에요. 어머니는 어느 누구도 끝까지 버티지 못한 곳에서 끝까지 저항하신 분이에요. 어머니는 제가 강한 사람이 되기를 바라시는 거예요. 그래요, 제가 늦잠을 잤어요. 하지만 어머니가 저를 나무라시는 것은 더 깊은 이유에서랍니다. 어머니는 제 태도, 저의 이기주의적인 태도를 꾸 짖으시는 겁니다. 저는 어머니가 바라는 사람이 될 겁니다. 이 자리에서 어머니께 약속할게요.”

당이 어머니에게서 끝내 얻어 내지 못했던 것을 어머니는 아들에게서 얻어 낸 것이다. 그녀는 아들에게 터무니없는 고발에 동의할 것을 강요했고, “자신의 잘못을 찾아내기”를 강요했으며 공공연하게 자백하기를 강요한 것이다. 나는 멍한 기분으로 이 작은 스탈린식 재판을 지켜보다가 문득 (겉으로는 믿을 수 없고 비인간적인) 커다란 역사적 사건의 내부에서 움직이는 심리적 메커니즘이 (매우 일상적이고 더할 수 없이 인간적인) 친숙한 상황을 지배하는 메커니즘과 조금도 다를 바 없다는 것을 깨달았다.

5

카프카가 써 놓고 부치지 않았던 아버지에게 보내는 유명한 편지는, 카프카가 자기 소설의 큰 주제 가운데 하나가 된 죄인 만드는 기술에 대한 지식을 얻은 것이 가족 관계, 즉 부모의 신격화된 권력과 자식 사이의 관계에서였다는 것을 보여 준다. 작가의 가족적 체험과 긴밀히 연관된 소설인 『선고』에서 아버지는 아들을 고발하고 아들에게 물에 빠져 죽으라고 명령한다. 아들은 자신의 죄를 인정하고 고분고분 강에 몸을 던진다. 그 고분고분함은 후일 그의 후계자가 될 요제프 K가 정체를 알 수 없는 기관에 의해 고발된 뒤 스스로 목을 매고자 하는 고분고분함에 비견될 만한 것이다. 이 두 고발과 두 죄인 만들기, 두 처형은 카프카의 작품 속에서 가족의 내면적 '전체주의'와 그의 웅대한 사회적 비전의 전체주의를 연결해 주는 연속성을 드러내 보여 준다.

전체주의 사회, 특히 그 극단적 형태의 전체주의 사회는 공적인 것과 사적인 것 사이의 경계를 없애 버리는 경향이 있다. 점점 더 불투명해지는 권력은 시민들의 삶이 더할 나위 없이 투명해지기를 요구한다. 이 같은 비밀 없는 삶의 이상은 모범적인 가정의 이상과도 일치한다. 마치 어린아이가 아버지나 어머니 앞에서 어떤 것도 숨겨서는 안 되는 것과 마찬가지로 시민은 당이나 국가 앞에서는 어떤 것도 숨길 권리를 갖지 못한다. 전체주의 사회는 선전을 통해 평화로운 미소를 지어 보인다. '하나의 대가족'처럼 보이려는 것이다.

사람들은 흔히 카프카의 소설이 공동체와 인간적 교류에 대한 열렬한 욕구를 표현한다고 말한다. K처럼 뿌리 뽑힌 존재에게는 외로움이라는 저주를 극복하려는 단 하나의 목표밖에 없는 것처럼 보이기도 한다. 그런데 이러한 설명은 판에 박힌 설명이고 의미를 축소할 뿐만 아니라 전혀 반대되는 의미이기도 하다.

측량사 K는 결코 사람들의 온정을 구하는 것이 아니다. 그는 사르트르 작품 「파리 떼」의 오레스트처럼 '사람 속의 사람'이 되기를 바라는 것이 아니다. 그는 공동체가 아니라 제도에 의해 받아들여지기를 원한다. 그러기 위해서는 비싼 대가를 치러야 한다. 즉 외로움을 부정해야 하는 것이다. 바로 이것이 그의 지옥이다. 그는 한순간도 혼자가 아니다. 성에서 파견된 조수 눌이 항상 그를 쫓아다니는 것이다. 그들은 술집의 바 위에 걸터앉아, K와 프리다가 첫 번째로 사랑을 나누는 모습을 지켜보고, 이후로 줄곧 두 연인의 잠자리 곁을 떠나지 않는다.

외로움이 아니라 박탈당한 외로움이라는 저주, 바로 이것이 카프카의 강박관념인 것이다!

카를 로스만은 끊임없이 모든 사람들에게 시달린다. 사람들은 그의 옷을 팔아 버리고 단 한 장뿐인 부모님 사진을 빼앗아 버린다. 합숙소에서는 그의 침대 옆에서 젊은이들이 권투를 하는데 어떤 때는 그에게로 쓰러지기까지 한다. 건달인 로빈슨과 들라마르슈는 그를 강제로 자기네와 함께 살게 하고, 잠자는 동안에는 뚱뚱보 브루넬다의 코 고는 소리에 시달린다.

요제프 K의 이야기 역시 그의 내면성이 침해당하는 것에서부터 시작된다. 전혀 알지도 못하는 두 사내가 침실까지 들어와 그를 체포한다. 그날 이후로 그는 한시도 자신이 혼자라고 느끼지 못하게 된다. 법원이 그를 따라다니고 감시하며 그와 말하게 될 것이다. 그의 사생활은 점점 사라져 버려 마침내는 그를 쫓아다니는 정체 모를 기관에 의해 삼켜질 것이다.

비밀을 없애고 투명하게 살기를 설교하는 서정적 정신의 소유자들은 자신들이 말려들어 가는 이 과정의 본질을 깨닫지 못한다. 전체주의로의 출발점은 『소송』의 시작과 똑같다. 어느 날 사람들이 당신의 잠자리까지 들어와 당신을 깨운다. 그들은 당신의 아버지나 어머니가 그랬던 것처럼 사랑스럽게 당신에게 다가올 것이다.

사람들은 자주 카프카의 소설이 작가 자신의 아주 개인적이고 사적인 갈등의 투영인지, 아니면 객관적인 '사회 장치'에 대한 묘사인지를 알고 싶어 한다.

카프카적인 것은 내면 영역에만 제한되는 것도 아니고 공적

영역에만 제한되는 것도 아니다. 이 둘 모두를 감싼다. 공적
인 것은 사적인 것의 거울이고, 사적인 것은 공적인 것을 반
영한다.

6

카프카적인 것을 만들어 내는 미시(微時) 사회적 실제 사항들에 대해 말하려다가 나는 카프카의 가족뿐만 아니라 그가 성년기 전부를 보낸 조직, 즉 사무실까지 생각하게 되었다.

사람들은 흔히 카프카의 주인공들이 지식인의 모습을 비유적으로 투영한다고 해석한다. 그러나 그레고르 잠자에게 지식인다운 면모라고는 아무것도 없다. 아침에 벌레로 바뀐 모습으로 일어났을 때 그의 유일한 걱정거리란 어떻게 이런 상태로 제시간에 사무실로 출근할 수 있을까라는 것뿐이다. 그는 고용인, 관료이며, 카프카의 인물들은 모두 이런 인물들이다. 관료의 모습이란 사회적 신분 유형(졸라 같은 작가라면 이랬을 것이다.)으로가 아니라 인간의 한 가지 가능성, 근원적 존재 방식의 하나로 연상된다.

관료들로만 구성된 관료주의 세계에는 첫째, 자발성도 창의

성도 행동의 자유도 없다. 있는 것이라고는 단지 명령과 규율 뿐이다. 그것은 복종의 세계다.

둘째, 관료는 거대한 행정 활동 중 극히 일부만을 담당할 뿐이다. 그에게는 거대한 활동의 목적과 전망이 보이지 않는다. 그것은 행위가 기계적인 것이 되어 버리고 마는 세계이며 사람들이 자기가 하는 일의 의미를 알지 못하는 세계다.

셋째, 관료들은 단지 익명의 사람들이나 서류하고만 관계 있을 따름이다. 그것은 추상의 세계다.

이 같은 복종과 기계와 추상의 세계, 이 관청에서 저 관청으로 돌아다니는 것이 인간의 유일한 모험인 이 세계에 소설을 자리 잡게 하는 일, 바로 이것이 서사시의 본질과는 정면으로 어긋나는 것처럼 보인다. 여기서 다음과 같은 의문이 생긴다. 어떻게 카프카는 이 우울한 비시적(非時的) 소재를 매혹적인 소설로 바꾸어 놓을 수 있었을까?

이에 대한 답은 그가 밀레나에게 보낸 편지에서 찾을 수 있다. "관청은 멍청한 기관이 아니에요. 멍청함이 아니라 오히려 환상적인 것에 자리를 잡고 있답니다." 이 구절은 카프카의 가장 큰 비밀 가운데 하나를 담고 있다. 그는 아무도 보지 못한 것을 간파했던 것이다. 그는 관료주의적 현상을 통해 인간과 인간 조건, 인간 미래의 근본적인 중요성뿐만 아니라 관청의 유령 같은 성격에 내포된 시적 잠재성까지도 보았던 것이다.

그러나 관청이 환상적인 것에 자리 잡고 있다는 것은 무슨 뜻인가?

프라하의 엔지니어라면 알 수 있을 것이다. 서류 실수는 그를 런던으로 내던져 버렸다. 그리하여 그는 진짜 유령이 되어 잃어버린 몸뚱이를 찾으러 프라하를 헤매고 다닌다. 그러나 그가 찾아다니는 관청들은 미지의 신화에서 유래한 끝이 보이지 않는 미로일 뿐이다.

관료주의 세계에서 간파해 낼 수 있었던 환상적 성격 덕택에 카프카는 이전에는 생각조차 할 수 없었던 것, 즉 극단적으로 관료화된 사회라는, 근본적으로 비시적인 소재를 소설이라는 위대한 시로 바꾸어 놓는 데 성공할 수 있었고, 자기에게 약속된 자리를 얻지 못하는 한 사내 이야기(실제로 『성』의 이야기는 바로 이것이다.)라는 극히 진부한 이야기를 신화로, 서사시로, 이제껏 보지 못했던 아름다움으로 바꾸어 놓는 데 성공할 수 있었던 것이다.

관청이라는 소도구를 거대한 세계의 규모로 확장해 놓음으로써 카프카는 뜻하지 않게, 그가 전혀 체험해 보지 못했던 사회와 오늘날 프라하 사회 사이의 흡사함을 통해 우리를 매료하는 이미지를 성공적으로 만들어 낸 것이다.

사실상 전체주의 국가란 하나의 거대한 행정 조직에 지나지 않는다. 모든 노동이 국가의 관리 아래 놓이기 때문에 모든 직종에 종사하는 사람들이 결국에는 고용인이 되지 않을 수 없다. 노동자는 노동자가 아니고, 판사도 판사가 아니며, 상인도 상인이 아니고, 성직자도 성직자가 아니다. 이들 모두가 국가의 관료인 것이다. 성당에서 만난 한 신부는 요제프 K에게 "나는 법원에 속한 사람입니다."라고 말한다. 카프카의 소설

에서는 변호사 역시 법원을 위해 일한다. 오늘날의 프라하 사
람들은 이것을 조금도 놀라워하지 않는다. 그들이라고 해서 K
보다 더 나은 변호를 받지는 못할 것이다. 그들의 변호사도 피
고를 위해 봉사하는 것이 아니라 법원을 위해 근무하는 것이
니 말이다.

7

동시(童詩)와도 같은 단순성으로 인해 더욱 묵직하고 미묘하게 울려 오는 100여 행에 이르는 장시(長詩)에서 한 위대한 체코 시인은 이렇게 썼다.

> 시인은 시를 창조하는 것이 아니다.
> 시는 저 뒤쪽 어디에 있는 것
> 오래 오래전부터 시는 거기 있었고
> 시인은 다만 그걸 찾아내는 것일 뿐.

시인에게 있어 쓴다는 것은 배후 그늘에 불변의 어떤 것('시')을 숨기고 있는 장벽을 제거하는 것이다. 시가 우리에게 (놀랍고도 돌연한 폭로를 통해) 무엇보다 먼저 경탄으로 나타나는 것은 이 때문이다.

나는 열네 살 때 처음으로 『성』을 읽었다. 그 작품이 함축한 방대한 내용(카프카적인 것의 모든 실제적 범위)이 그 당시에 이해되었던 것은 아니지만, 그때만큼 커다란 감명을 받은 적은 그 후 한 번도 없었다. 나는 경탄했던 것이다.

훗날 내 눈이 시가 내뿜는 빛에 익숙하게 되었을 때 나를 경탄케 했던 것들을 통해 나는 나 자신의 체험을 보기 시작했다. 그러나 빛은 항상 거기에 머물러 있었다.

불변의 어떤 것인 '시'는 "오래 오래전부터" 우리를 기다리고 있는 것이라고 얀 스카셀은 말한다. 그러나 끊임없이 변화해 나가는 세계에서 변하지 않는다는 것은 순전히 환상 아니겠는가?

아니다. 모든 상황은 인간이 만들어 내는 것이고 인간이 부여하는 것만을 그 안에 지닐 뿐이다. 따라서 우리는 그것이(그리고 더불어 그 형이상학까지도) "오래 오래전부터" 인간의 가능성으로 존재한다고 생각할 수 있다.

그러나 이 경우 역사(변하는 것)가 시인에게 의미하는 바는 무엇일까?

이상하게 들릴지 모르지만 시인의 눈에 역사란 시인 자신과 같은 입장이다. 역사 또한 창조하는 것이 아니라 발견하는 것이다. 이제껏 드러나지 않았던 상황을 통해 그것은 인간이 무엇인가를 밝혀 주고 "오래 오래전부터" 인간에게 있어 온 것이 무엇인가를 밝혀 주며 그의 가능성이 무엇인가를 밝혀 준다.

시가 이미 있는 것이라면 시인에게 예견 능력이 있다고 하는 것은 모순 아닐까? 아니다. 그는 언젠가 역사가 나름대로 발견하게 될 인간의 가능성("오래 오래전부터" 이미 있어 왔던 '시'라는 가능성)을 발견하는 것일 뿐이다.

카프카는 예언한 것이 아니다. 그는 다만 "저 뒤쪽 어디에" 있는 것을 보았을 뿐이다. 그는 자신의 봄〔見〕이 미리 봄이 되리라는 것을 알지 못했다. 그에게는 사회 체제의 가면을 벗기고자 하는 의도도 없었다. 그는 자신의 실제 사생활을 통해 알 수 있게 된 메커니즘을 조명했던 것이고, 훗날 역사의 흐름에 의해 이 메커니즘이 커다란 무대 위에 올려지리라는 것을 믿어 의심치 않았던 것이다.

권력의 최면적인 시선, 자신의 죄를 스스로 찾아내려는 절망적인 노력, 추방과 추방당하는 고통, 절대 복종에의 처단, 현실적인 것의 유령적 성격과 서류의 마술적 현실성, 사생활에 대한 끊임없는 침해 등, 역사가 그 엄청난 시련의 형태로 인간에게 자행해 온 이 모든 실험들을 카프카는 (몇 년 앞서서) 자신의 소설에 현실화했던 것이다.

전체주의 국가의 현실 세계와 카프카의 '시'의 만남은 언제까지나 신비로운 어떤 것을 간직하게 될 것이고, 그것은 시인의 행위가 측량할 수 없는 역설적인 것임을 그 본질 자체로 입증해 줄 것이다. 카프카 소설의 엄청난 사회적 정치적 '예언적' 파장은 바로 그 소설들의 '비-참여', 다시 말해 모든 정치적 강령이나 이데올로기적 개념들, 미래에 대한 예견적 징후들에 대한 완전한 자율성 속에 깃든 것이다.

사실 시인이 "저 뒤쪽 어디에" 숨겨진 '시'를 찾아내려 하

는 대신 이미 알려진 어떤 진실(그것은 저절로 주어지고 '앞'에 있
다.)에 봉사하기 위해 '참여'한다면, 그는 시의 고유한 임무를
저버리는 것이다. 그리고 이미 상정된 진실이라는 것이 혁명
이라 불리든 항의라 불리든, 기독교 신앙이라 불리든 무신론
이라 불리든, 그리고 그것이 보다 정의롭든 그렇지 않든, 이런
것은 조금도 중요하지 않다. 발견(이는 곧 경탄이다.)하는 진실
외 다른 진실에 봉사하는 시인은 가짜 시인이다.

내가 카프카의 유산에 이토록 열렬히 집착하는 것이나 그
것을 내 개인적 유산으로 옹호하는 것은, 모방할 수 없는 것을
모방하는 것(그리고 카프카적인 것을 한 번 더 찾아내는 것)이 유용
하다고 생각해서가 아니라 그의 소설들이 바로 소설(소설이라
는 시)의 근본적 자율성의 모범을 보여 주기 때문이다. 바로 이
것에 의지하여 프란츠 카프카는 다른 어떠한 사회학적, 정치
학적 성찰도 우리에게 말해 줄 수 없었던(우리 세기에 입증된 그
대로의) 인간 조건을 우리에게 말해 줄 수 있었다.

6부 73개의 말

1968년과 1969년에 『농담』은 서구의 모든 언어로 번역되었
다. 그런데 이럴 수가! 프랑스에서는 번역가가 내 문체가 가미
된 소설 '다시 쓰기'를 해 놨다. 영국에서는 편집자가 성찰적
인 모든 단락을 짧게 토막 쳐 놓고, 음악학적인 장들을 들어내
고, 부(部)들의 순서를 바꿔 소설을 재구성했다. 다른 어떤 나
라. 내 소설의 번역가를 만나게 된다. 한데, 그는 체코어를 한
마디도 못 한다. "그런데 어떻게 번역을 했어요?" 그가 답한
다. "마음으로요." 그러면서 그는 지갑에서 내 사진을 꺼내 보
여준다. 그가 어찌나 동감(同感)적이던지, 하마터면 마음의 텔
레파시만으로도 번역하는 것이 가능하다고 믿을 뻔했다. 물
론 실상은 훨씬 단순했다. 그는 '다시 쓰기'된 프랑스어 판을
저본(底本)으로 삼았다. 아르헨티나 번역가도 같은 식으로 했
다. 또 다른 어느 나라에서는 체코어 판을 번역했다. 나는 그

책을 펼치다 우연히 헬레나의 독백 부분을 읽게 된다. 원문에서 하나의 문단이었던 긴 문장이 여러 개의 짧은 문장들로 끊겨 있다……. 『농담』의 번역본들이 불러온 충격은 사그라지지 않는 두려움을 안겼다. 그 까닭은 무엇보다도, 내 책의 체코어 독자는 이제 사실상 없으므로, 내게는 번역이 전부다. 그리하여 수년 전, 내 책들의 외국어 판본들을 모두 재정비하기로 결단을 내렸다. 그것은 적지 않은 마찰과 피곤함을 수반하는 혼란한 과정이었다. 내가 읽을 수 있는 서너 개 언어로 번역된 내 소설들의 구판과 신판을 읽고 검토하고 고치는 이 모든 일에 인생의 한 시기를 통째로 바쳐야 했다…….

자기 소설의 번역을 감시하기로 작정한 작가는 목동이 야생 양 떼를 쫓듯이 수많은 단어들의 꽁무니를 쫓아다녀야 한다. 나에게는 안타깝지만 남들에게는 우스운 노릇이 아닐 수 없다. 친구이자 《데바》 편집자인 피에르 노라가 목동으로서 내 존재의 서글프고도 우스운 모습을 알아본 모양이다. 어느 날 그는 딱해하는 심정을 굳이 감추려 하지도 않고 말했다. "이 친구야, 괴롭히는 짓 좀 그만하고, 차라리 나한테 뭘 좀 써서 줘 봐. 번역본들 때문에 억지로라도 자네가 쓰는 단어들 하나하나에 대해 생각해 봤을 것 아닌가. 그걸로 자네의 개인적 사전을 만들어. 자네의 소설어 사전. 자네의 열쇠어, 자네의 문제어, 자네가 좋아하는 단어들을 목록화해 보라고……."

그게 바로 여기, 이것이다.

Aphorisme _ 아포리즘 '정의(定議)'를 뜻하는 그리스어 아포리스모스(aphorismos)에서 유래한 말이다. 즉 아포리즘은 정의의 시적 형태다. [Définition(정의) 항목을 볼 것.]

Bander _ 꼴리다 "그의 몸이 수동적 저항에 종지부를 찍었다. 에드바르트는 흥분(ému)했다!"(『우스운 사랑들』) 나는 이 '흥분했다'가 마음에 들지 않아 이 단어에서 백번은 멈칫했다. 체코어로 하자면, 에드바르트는 발기한(excité) 것이다. 하지만 '흥분했다'도 '발기했다'도 영 만족스럽지 않았다. 그러다 문득 깨달았다. '에드바르트는 꼴렸다(banda)!'라고 썼어야 했던 것이다. 어째서 이렇게 간단한 생각이 진즉 떠오르지 않았을까? 그 까닭은 체코어에 이런 말이 없어서다. 아, 부끄러워라, 내 모국어가 '꼴릴' 줄도 모르다니! 체코 사람들은 '꼴리다'라는 말 대신 '자지가 섰다'라고밖에 못한다. 괜찮은 이미지지만 좀 유치하다. 하지만 이 이미지로부터 근사한 대중적 표현이 만들어졌다. '그들은 그곳에 자지처럼 서 있었다.' 체코적 재치의 핵심인 회의주의에 따르면, 이 말이 의미하는 바는, '그들은 놀라고 당황해 우스운 모양새로 있다'는 것이다.

Beauté (et connaissance) _ 아름다움(과 인식) 인식이 소설의 유일한 모럴이라고 말하는 브로흐 같은 사람들은 학문과의 연관성으로 인해 지나치게 오염된 이 '인식'이라는 말의 금속성 후광에 배신당한다. 따라서 이렇게 덧붙여야 한다. 소설이 발견해 내는 실존의 모든 면모들은 아름다움으로서 발견된다. 최초의 소설가들은 모험을 발견했다. 모험이 그 자체로 아름다워 보이고 우리가 모험을 갈망하게 된 것은 그들 덕분이다. 카프카는 비극적으로 덫에 걸린 인간 상황을 그렸다. 예전에 카프카 전문가들은 자신들이 연구하는 작가가 우리에게 희망을 주느냐 아니냐를 놓고 많은 논쟁을 벌였다. 아니다. 희망은 없다. 다른 것이 있다. 삶이 견디기 어려운 것이 되는 그런 상황까지도 카프카는 기이한, 검정색의 아름다움으로 발견한다. 아름다움은 더는 희망 없는 인간에게 가능한 마지막 승리다. 예술에서 아름다움은 아직까지 말해진 적 없는 것이 느닷없이 뿜어내는 빛이다. 위대한 소설들이 내뿜는 이 빛을 시간은 결코 쇠하게 만들지 못한다. 인간은 인간의 실존을 부단히 망각하므로, 소설가들이 이룬 발견들은 아무리 오래되어도 변함없이 우리에게 놀라움을 안겨 줄 테니까.

Bleuté _ 푸르스름한 다른 어떤 색도 이처럼 여린 언어 형태를 지니지 못한다. 이 말은 노발리스적이다. "비존재처럼 여린 푸르스름한 죽음."(『웃음과 망각의 책』)

Caractères _ 글자 책의 글자 크기가 점점 더 작아지고 있다. 나는 문학의 종말을 상상한다. 글자들이, 아무도 눈치채지 못하게, 조금씩 조금씩 작아지다가, 어느 날엔가 아예 보이지 않게 되고 만다.

Celer _ 감추다 이 동사가 내게 매력적으로 다가오는 것은 그것과 공명하는 말 때문인 듯하다. 봉하다(sceller). 감추다

= 봉랍인 없이 봉하다, 봉해 숨기다, 감추기 위해 밀봉하다.

Chapeau __ 모자   마술적 오브제. 기억나는 꿈이 하나 있다. 머리에 커다란 검정색 모자를 쓴 열 살 소년이 연못가에 있다. 그가 물에 몸을 던진다. 사람들이 그 익사자를 건져 낸다. 그는 여전히 그 검은 모자를 머리에 쓰고 있다.

Chez-soi __ 제집   도모프(Domov, 체코어), 다스 하임(das Heim, 독일어), 홈(home, 영어)은 내 뿌리가 있는 곳, 내가 속한 곳을 뜻한다. 그 지형학적 경계는 오직 마음의 명령에 의해서만 결정된다. 하나의 방일 수도 있고, 어떤 풍경, 어떤 나라, 우주일 수도 있다. 독일 고전주의의 다스 하임(발원지)은 고대 그리스 세계다. 체코 국가(國歌)는 "나의 도모프는 어디인가?"로 시작된다. 프랑스어로 번역하면 '나의 조국(patrie)은 어디인가?'가 된다. 그러나 조국은 다른 무엇, 도모프의 정치적 국가적 버전이다. 조국은 자부심의 단어다. 다스 하임(고향)은 정서적이다. 프랑스어(프랑스적 감수성)에서 조국과 보금자리(foyer, 자신의 실질적 거주 공간) 사이에는 공백이 있다. 제집(chez-soi)이라는 말에 위대한 어휘의 무게를 부여해야만 그 빈틈이 메워진다.[Litanie(리타니) 항목을 볼 것.]

Collabo __ 공모자   역사적 상황들은 늘 새롭고, 인간의 항구적 가능성들을 드러내 보이며, 그것들에 이름을 붙이도록 한다. 나치즘에 맞선 전쟁을 치르면서, '콜라보'는 추악한 권력에 자발적으로 부역하는 자라는 새로운 의미를 갖게 되었다. 이 얼마나 기초적인 개념인가! 인간은 어떻게 이 단어 없이 1944년까지 그걸 해낼 수 있었을까? 이제 이 말이 생겨나자, 우리는 인간의 활동이 그 자체로 공모(共謀)라는 사실을 점점 더 깨달아 간다. 매스미디어의 소란, 광고의 백치 같은 미소, 자연의 망각, 미덕으로까지 드높여진 경망함, 이 모든 것에 열광하는 이들을 우리는 현대성의 공모자들이라고 불러야 할 것이다.

Comique _ 희극   비극은 인간의 위대함이라는 기분 좋은 환상을 제공함으로써 우리를 위무한다. 희극은 이보다 가혹하다. 희극은 모든 것의 무의미를 가차 없이 폭로한다. 내 생각에, 모든 인간적 사실에는 희극적 측면이 내포돼 있다. 어떤 경우 그것은 인식되고 수용되고 이용되지만, 어떤 경우에는 베일에 가려져 있기도 한다. 희극의 진정한 천재는 우리를 더 많이 웃기는 사람이 아니라, 알려지지 않은 희극 영역을 드러내 보이는 사람이다. 역사는 언제나 진지한 분야라고만 여겨져 왔다. 그러나 역사에도 알려지지 않은 희극적 측면이 있다. 섹슈얼리티에도 (받아들이긴 힘들지만) 희극적 측면이 있는 것과 마찬가지다.

Couler _ 흐르다   한 편지에서 쇼팽은 영국 체류 시절의 일을 쓴다. 그가 살롱에서 연주하면 귀부인들은 매번 똑같은 문구로 감상을 표한다. "아, 아름다워라! 연주가 물 흐르는 듯해요!" 쇼팽은 성질이 났다. 나도 그렇다. 어떤 번역을 두고 '물 흐르는 듯하다' 따위의 문구로 칭찬하는 것을 들으면 신경질이 난다. 비슷하게 이런 말도. '마치 프랑스 작가가 쓴 것 같다.' 헤밍웨이가 프랑스 작가처럼 읽히다니, 대체 얼마나 잘못됐는가. 프랑스 작가는 그런 문체를 상상도 못 한다! 이탈리아의 내 책 발행인인 로베르토 칼라소는 단언한다. "좋은 번역의 표지(標識)는 유려함에 있는 것이 아니라, 그 모든 생경하고 고유한 방식을 번역가가 용감하게 보존하고 사수해 내는 데 있다."

Crépuscule (et vélocipédiste) __ 석양(과 자전거 타는 사람) "……자전거 타는 사람(이 단어는 그에게 석양처럼 아름답게 들렸다.)……."(『삶은 다른 곳에』) 아득한 데서 왔기에 이 두 명사는 내게 마술적으로 다가온다. 오비디우스가 각별히 여겼던 말, 석양(Crepusculum, 크레푸스쿨룸). 멀고도 소박한 기술 시대 초창기에 우리에게 온 말, 이륜차(vélocipède, 벨로시페드).

Définition __ 정의   소설의 명상적 짜임새는 몇몇 추상적 단어로써 그 구조가 유지된다. 아무것도 이해하지 못하면서 모든 걸 이해하는 척하는 세태에 편승하지 않으려면, 나는 이 몇 개의 단어들을 더할 나위 없이 적확하게 선택해야 하며, 더 나아가 그것들을 정의하고 또 정의해야 한다.[Destin(운명), Frontière(경계), Jeunesse(청춘), Légèreté(가벼움), Lyrisme(서정), Trahir(배신하다) 항목을 볼 것.] 내가 보기에 소설은 자주, 달아

나는 몇몇 정의들을 붙잡으려는 긴긴 추적에 다름 아니다.

Destin _ 운명   삶의 이미지가 삶 자체로부터 분리되어 독자적이 되어서는 우리를 지배하기 시작하는 순간이 다가오고 있다. 『농담』에도 이미 쓴 말이다. "나는 인간의 운명을 심판하는 최고재판소에 비치된, 나라는 사람의 이미지를 도저히 바로잡아 볼 도리가 없다는 것을 차츰 깨닫기 시작했다. 이 이미지(아무리 나와 비슷하지 않다 해도)는 나 자신보다 비교할 수도 없이 더 실제적이며, 그것이 나의 그림자가 결코 아니라 나, 바로 나 자신이 내 이미지의 그림자였다. 왜 나를 닮지 않았느냐고 그 이미지를 탓한다는 것은 절대 불가능하며, 이미지와 다른 것은 내 잘못이었다."

또 『웃음과 망각의 책』에는 이렇게 썼다. "운명에겐 미레크를 위해(그의 행복과 안전과 유쾌한 기분과 건강을 위해) 새끼손가락 하나 들어 올릴 의향이 없지만, 미레크는 자신의 운명을 위해(운명의 위대함과 명료함, 아름다움과 스타일, 이해 가능한 의미를 위해) 무엇이건 할 각오였다."

미레크와 달리, '사십 대'로 지칭되는 쾌락주의자 남자는(『삶은 다른 곳에』) '운명 아닌 것(non-destin)의 목가'를 고집한다.[Idylle(목가) 항목을 볼 것.] 정말로 그 쾌락주의자는 자기 삶이 운명이 되는 데에 저항한다. 운명은 우리의 피를 빨고 우리를 쌀아뭉갠다. 운명은 우리 발목에 매인 쇠공 같은 것이다.(말이 나온 김에 하자면, 내 인물들 가운데 이 사십 대 남자가 나와 가장 가깝다.)

Élitisme __ 엘리트주의   엘리트주의라는 말은 1967년에, 엘리트주의자라는 말은 1968년에야 프랑스에 등장한다. 역사상 처음으로, 언어 자체가 엘리트라는 개념에, 경멸적이라고까지는 못해도 부정적인 빛을 드리운 것이다.

이즈음 공산주의 국가들의 공식 프로파간다가 엘리트주의와 엘리트주의자들을 매섭게 때려 대기 시작했다. 그 프로파간다들이 '엘리트'라는 말로써 겨냥한 표적은 기업인이나 유명 운동선수나 정치인이 아니라 오직 문화 엘리트, 즉 철학자, 작가, 교수, 역사가, 영화인, 연극인 등이었다.

놀라운 시기적 일치다. 유럽 전역에 걸쳐 문화 엘리트들이 다른 엘리트들에게 자리를 내주는 중이라는 생각이 들게 한다. 저쪽에서는 경찰 조직 엘리트들에게, 이쪽에서는 매스미디어 조직 엘리트들에게. 이 새로운 엘리트들을 엘리트주의라고 비난하는 사람은 아무도 없을 것이다. 그리하여 엘리트주의라는 말도 머지않아 망각 속에 묻힐 것이다.[Europe(유럽) 항목을 볼 것.]

Ensevelir __ 매장하다   어떤 말의 아름다움은 음절들의 음성학적 조화가 아니라, 그 소리가 불러일으키는 의미론적 연관성에 깃들어 있다. 피아노로 친 어떤 음표가, 사람들은 알아차리지 못해도, 그 음과 하모니를 이루는 소리와 함께 울리듯이, 단어 또한 거의 느껴지지는 않아도, 그것과 공명하는 다른 단어들의 대열에 둘러싸여 있다.

예를 들어 보자. 매장하다(ensevelir, 앙스블리르)라는 말의 소리가 내게는 언제나 자비롭게도, 단연코 무서운 그 행위에서 그것의 무시무시한 물리적 측면을 없애 주는 것 같다. 이 말의 어근 'sevel'이 내게는 아무것도 환기하지 않는 반면, 그 말소리는 나를 꿈꾸게 하기 때문이다. 생기(sève, 세브) — 비단(soie, 수아) — 이브(Ève, 에브) — 에블린(Èveline, 에블린) — 벨벳(velours, 블루르). 비단과 벨벳으로 감싸다(voiler de soie et de velours, 부알레 드 수아 에 드 블루르).[Celer(감추다), Oisiveté(빈둥대기), Sempiternel(끝없는) 항목을 볼 것.]

Europe _ 유럽   중세 시대 유럽의 정체성은 공통 종교 위에 자리 잡고 있었다. 근대에 들어서 종교는 유럽인들이 서로를 알아보고 정의하고 동류의식을 갖게 하는 최고 가치들의 실현인 문화(예술, 문학, 철학)에 그 자리를 넘겨주게 되었다. 그리고 이제는 다시, 문화가 그 자리를 넘겨주고 있다. 그런데 무엇에? 누구에게? 유럽을 하나로 묶어줄 최고 가치들이 실현될 영역은 무엇일까? 기술의 비약? 시장? 민주주의의 이상과 관용의 원칙에 따른 정치? 그러나 관용이 아무런 풍요로운 창조도 강력한 사상도 더는 보호해 주지 못한다면, 그 또한 공허한 무용지물이 되지 않겠는가? 아니면 우리는 문화의 이러한 실권(失權)을 기뻐하며 받아들여야 할 일종의 해방으로 이해할 수 있을까? 나는 정말 모르겠다. 다만 문화가 이미 자리를 넘겨주었다는 것만은 안다. 유럽의 정체성을 드러내는 이미지들이 점점 과거 속으로 멀어져 가고 있다. 그리하여 유럽인이란, 유럽에 향수를 느끼는 사람이다.

Europe centrale _ 중앙 유럽   17세기. 끊임없이 국경이 움직여 경계를 명확히 하기 어려운, 다민족적이고 따라서 다중심적인 이 지역에 바로크의 엄청난 위력이 모종의 문화적 통일성을 부여한다. 바로크 가톨릭의 시대착오적 그림자는 18세기까지 연장된다. 볼테르도 없고 필딩도 없다. 예술의 위계에서는 음악이 첫째 자리를 차지하고 있다. 하이든 이후로(그리고 쇤베르크와 버르토크에 이르기까지) 유럽 음악의 무게중심은 이곳에 있다. 19세기. 훌륭한 시인이 몇몇 있지만, 플로베르는 없다. 비더마이어 정신, 그것은 현실에 드리운 목가의 베일이다. 20세기에, 반란이 일어난다. 위대한 지성인들(프로이트, 소설가들)이 수 세기 동안 무시당하고 몰각(沒覺)되었던 것들, 탈신비적 합리적 명징성, 현실감각, 소설 등에 다시 가치를 부여한다. 이들의 반항은, 반(反) 합리주의적이고 반(反) 사실주의적이고 서정적인 프랑스 모더니즘과 정면으로 배치된다.(이는 많은 오해를 불러일으킨다.) 중앙 유럽 소설가들, 카프카, 하셰크, 무질, 브로흐, 곰브로비치 등이 밝게 빛나는 성단(星團)을 이룬다. 그들은 낭만주의를 혐오하고, 발자크 이전의 소설들과 자유사상 정신을 사랑한다.(브로흐는 키치를 계몽주의에 반기를 든 일부일처제 청교도주의의 음모로 해석했다.) 그들은 역사를 불신하고 미래 예찬을 불신한다. 그들의 모더니즘은 아방가르드(전위예술)의 환상에서 벗어나 있다.

제국이 붕괴하고, 이어서 1945년 이후 오스트리아 문화가 주변화되고, 다른 나라들이 정치적으로 실존하지 않게 되면서, 중앙 유럽은 유럽 전체가 맞을지 모를 운명을 예고해 주는 거울, 석양의 실험실이 되었다.

Europe centrale (et Europe) __ 중앙 유럽(과 유럽) 브로흐의 책을 낸 편집자는 뒤표지 문구에서 그를 호프만슈탈, 스베보 등과 동일선상에, 지극히 중앙 유럽적인 맥락에 위치시키고자 한다. 브로흐는 반발한다. 자기가 다른 누구에 비견되어야 한다면, 그건 지드나 조이스여야 한다! 이로써 그는 자신의 '중앙 유럽성'을 부인하려던 걸까? 아니다. 그는 단지 어떤 작품의 의미와 가치를 포착하는 데 있어 국가적 지역적 맥락은 별무소용이라는 걸 말하려 했을 뿐이다.

Excitation __ 흥분 즐거움도 아니고 쾌락도 아니고 감정도 아니고 정열도 아닌 것. 흥분은 에로티시즘의 기초고, 그것의 가장 심오한 수수께끼고, 그것의 열쇠어다.

Frontière __ 경계 "아주 사소한 일, 지극히 사소한 일로도 경계 너머에 있을 수 있었다. 경계 너머에서는 사랑, 신념, 믿음, 역사, 그 어느 것도 의미가 없었다. 인간 삶이 경계 아주 가까이에서, 심지어 경계와 맞닿은 곳에서 펼쳐진다는 사실에, 인간 삶이 경계에서 수 킬로미터 떨어진 것이 아니라 겨우 1밀리미터 정도 떨어져 있다는 사실에 인간 삶의 모든 신비가 놓여 있었다."(『웃음과 망각의 책』)

Graphomanie __ 글쓰기 광증 "편지나 일기나 가족 연대기를 쓰려는(다시 말해 자신이나 자신의 가족들을 위해 쓰려는) 것이 아니라, 책을 쓰려는(즉 미지의 독자 대중을 가지려는) 욕망이다.”(『웃음과 망각의 책』) 어떤 형태를 창조하는 것이 아니라, 자기 자아를 타인에게 강요하는 데 미쳐 있는 사람. 권력 의지의 가장 그로테스크한 버전.

Idées _ 사상 작품을 사상으로 축소하려는 자들이 내게 안기는 혐오. 이른바 ‘사상 논쟁’이란 것에 휘말려 들게 될 때 내가 느끼는 공포. 작품에는 무심한 채, 사상들로 혼미해진 시대가 내게 불러일으키는 절망.

Idylle _ 목가 프랑스에서는 거의 쓰이지 않지만 헤겔, 괴테, 실러에게는 중요한 개념이었던 단어. 최초의 갈등 이전의, 또는 갈등 바깥의, 또는 오해에 지나지 않은 가짜 갈등뿐인 세계 상태. “사십 대 남자는 지극히 다양한 연애를 즐기고 있었지만 근본적으로 목가적인 인물이었고…….”(『삶은 다른 곳에』) 에로틱한 모험을 목가와 일치시키려는 욕망, 이것이 쾌락주의의 본질이다. 그리고 이것이 목가적 이상이 인간에게 접근 불능인 이유다.

Imagination _ 상상력 아이들의 섬에 있는 타미나 이야기를 통해 무슨 말을 하고 싶었던 겁니까? 사람들이 내게 묻는다. 처음에 이 이야기는 내가 매혹된 꿈이었고, 그다음엔 맨 정신인 동안에도 꿈꿨고, 그리하여 그걸 글로 적으면서 확장하고 심화한 것이다. 그 의미는? 여러분이 원한다면, 유아중심주의의 미래에 관한 몽환적 이미지라고 해 두자.[Infantocratie(유아중심주의) 항목을 볼 것.] 그러나 그와 같은 의미가 꿈보다 먼저였던 게 아니고, 꿈이 의미보다 먼저였다. 따라서 이 이야기는 상상력에 내맡긴 채로 읽어야 한다. 풀어야 할 수수께끼처럼 읽어서는 특히 안 된다. 카프카 연구자들이 카프카를 죽인 것은 수수께끼를 풀려고 애썼기 때문이다.

Inexpérience __ 미경험 『참을 수 없는 존재의 가벼움』의 제목으로 처음 고려되었던 것은 ‘미경험의 행성’이었다. 미경험은 인간 조건의 한 특질이다. 사람은 일생에 단 한 번 태어나고, 지난 생의 경험을 가지고 다시 다른 삶을 시작할 수 없다. 인간은 청춘이 무엇인지 모르면서 어린 시절을 지나고, 결혼이 무엇인지 모르면서 결혼하고, 노년기에 들어서도 어디로 가는지 모른다. 노인은 자신의 늙음에 무지한 아이다. 그런 의미에서 인간의 지구는 미경험의 행성이다.

Infantocratie __ 유아중심주의 “한 남자가 오토바이를 몰고 텅 빈 거리를 달렸다. 그는 팔과 다리를 O자 모양으로 말고 우레 소리를 내며 시야에 등장했다. 그의 표정은 뭔가 굉장히 중요한 일로 울부짖는 어린아이의 심각함을 담고 있었다.”(무질, 『특성 없는 남자』) 어린아이의 심각함은 기술 시대의 일굴이다. 유아중심주의는 인류에게 부과된 유년기의 이상(理想)이다.

Interview __ 인터뷰　첫째, 인터뷰하는 사람은 흥미롭지만 당신은 흥미 없는 질문을 던진다. 둘째, 그는 당신 답변 가운데서 자기 입맛에 맞는 것만 쓴다. 셋째, 그 답변마저 인터뷰어 자신의 어휘와 사고방식으로 바꿔 쓴다. 심지어 그는 미국 저널리즘을 본떠, 인터뷰한 내용에 대해 당신의 승낙을 받으려는 시도도 하지 않는다. 그렇게 인터뷰가 공개된다. 당신이 누릴 수 있는 위안은 사람들이 곧 잊으리라는 것이지만, 천만에! 사람들이 그걸 인용해 댄다. 대단히 신중한 대학교수들조차도 작가가 직접 쓰고 서명한 글과 작가에 대해 기사화된 글을 구분하지 않는다. 역사적 실례로, 구스타프 야누흐의 『카프카와의 대화』는 카프카를 신비화(mystification)하는 연구자들에게 고갈되지 않는 인용의 샘이다. 1985년 6월, 나는 더 이상 그 어떤 인터뷰도 않겠노라 굳게 결심했다. 이날 이후, 내가 교정에 참여해 내 저작권이 명기된 대화가 아닌, 나에 대한 모든 기사는 조작으로 간주되어야 한다.

Ironie __ 아이러니　누가 옳고 누가 그른가? 엠마 보바리는 참을 수 없는 여자인가? 혹은 용감하고 감동적인 여자인가? 그리고 베르테르는? 다정다감하고 고결한가? 혹은 공격적인 감상주의자, 자기애로 가득한 인물인가? 소설을 주의 깊게 읽으면 읽을수록 답하기가 점점 더 불가능해진다. 소설이 근본적으로 아이러니의 예술이기 때문이다. 소설의 '진실'은 감추어져 있을 뿐, 발설되지도 않고 발설할 수도 없다. 조지프 콘래드는 『서구인의 눈으로』에서 한 러시아 여성 혁명가의 입을 빌려 이렇게 말한다. "잊지 마, 라주모프, 여자와 아이들과 혁명가들은 아이러니를 증오해. 아이러니가 모든 구원 본능, 신념, 헌신, 행동을 깡그리 부정하니까." 아이러니는 신경을 거스른다. 아이러니가 빈정거리거나 대들어서가 아니고, 세계를 애매하게 보여줌으로써 우리에게서 확실성을 앗아가 버리기 때문이다. 레오나르도 샤샤는 말한다. "아이러니보다 더 이해하기 어렵고 해독하기 어려운 것은 없다." 스타일로 재주를 부려 소설을 '어렵게' 만들려는 시도는 헛수고다. 소설이라는 이름에 값하는 한, 아이러니와 불가분인 모든 소설은 아무리 명쾌해도 충분히 어렵다.

Jeunesse _ 청춘 "나 자신에 대한 분노의 파도, 당시의 내 나이에 대한 분노의 파도가 나를 온통 집어삼켰다. (……) 그런 바보 같은 서정적 나이에 대한 분노였다."(『농담』)

Kitsch _ 키치 『참을 수 없는 존재의 가벼움』을 쓸 때 나는 '키치'라는 말을 이 소설의 중심어 중 하나로 삼는 것이 조금은 불안했다. 사실 최근까지도 이 말은 프랑스에선 거의 알려지지 않았거나 아주 부실한 의미로만 이해된다. 헤르만 브로흐의 유명한 에세이의 프랑스어 번역본에도 '키치'라는 말은 '시시한 예술'로 옮겨져 있다. 잘못된 번역이다. 브로흐는 키치가 단순히 악취미인 작품과는 다른 것임을 보여주고자 한다. 키치적 태도라는 것이 있다. 키치적 행위라는 것도 있다. 키치인간(Kitschmensch)이 욕구하는 키치, 그것은 거짓으로 예쁘게 보이도록 하는 거울에 자신을 비춰 보고 감격해 만족스러워하며 거울 속 그를 자기 자신으로 인식하려는 욕구다. 브로흐에게 키치는 역사적으로 19세기의 감상적 낭만주의와 관련된다. 독일과 중앙 유럽의 19세기가 다른 어느 곳에서보다 더 낭만주의적(덜 현실주의적)이었던 탓에, 키치가 과도하게 번창했으며, 바로 이곳에서 키치라는 말이 생겨났고, 아직까지도 흔히 쓰이고 있다. 프라하에서 우리는 키치를 예술의 주적(主敵)으로 여겼다. 프랑스에서는 그렇지 않다. 이곳에서 진정한 예술에 대립하는 것은 오락이다. 위대한 예술의 반대는 가벼운 예술, 마이너 예술이다. 하지만 내 이야기를 하자면, 나는 애거서 크리스티의 탐정 소설에 짜증낸 적이 결코 없다! 반대로, 차이콥스키, 라흐마니노프, 피아노 앞에 앉은 호로비츠, 「크레이머 대 크레이머」나 「닥터 지바고」(아, 불쌍한 파스테르나크!) 같은 할리우드 영화들이야말로 내가 진심으로, 깊이 혐오하는 것들이다. 그리고 나는 모더니즘 형식을 가장한 일군의 작품들에 도사린 키치 정신에 점점 더 화가 난다.(한마디 더 보태자면, 니체가 빅토르 위고의 "훌륭한 말들과 현란한 외피들"에 대해 느꼈던 반감은, 키치라는 말이 있기도 전에 느낀 키치 혐오였다.)

Légèreté __ 가벼움 참을 수 없는 존재의 가벼움, 나는 이것을 『농담』에서 벌써 발견한다. "나는 먼지 이는 보도를 따라 걸으며, 내 삶을 짓누르는 공허, 그 공허의 무거운 가벼움을 느꼈다."

그리고 『삶은 다른 곳에』서도, "야로밀은 때로 끔찍한 꿈을 꿨다. 지극히 가벼운 물체, 찻잔이나 숟가락, 깃털 같은 것을 들어 올려야 하는데 도저히 안 되고 물체가 가벼울수록 자신이 약해지는 꿈, 물체의 가벼움 아래 짓눌려 버리는 꿈들이었다."

그리고 『이별의 왈츠』에서도. "라스콜니코프는 그의 범죄를 하나의 비극적 운명처럼 받아들여 살았고, 결국 자기 행위의 무게에 눌려 쓰러지고 말았다. 그런데 야쿠프는 자신의 행위가 그리도 가벼움에, 조금도 무게가 나가지 않음에, 그리고 그 행위가 그를 전혀 짓누르지 않음에 놀랄 따름이다. 그는 이 가벼움이 그 러시아 주인공의 히스테릭한 감정보다 훨씬 더 끔찍한 게 아닌가 자문한다."

그리고 『웃음과 망각의 책』에서. "위 속 빈 주머니는 다름 아니라 감당하기 힘든, 무게의 부재였다. 극단은 언제라도 정반대의 극단으로 바뀔 수 있듯이 극단까지 몰고 간 가벼움은 무시무시한 가벼움의 무거움이 되었고, 타미나는 1초도 더 그것을 견디지 못하리라는 것을 알았다."

나는 내 책의 번역본들을 다시 읽다가 비로소 이 반복을 알아차리고 깜짝 놀랐다! 그러고는 이렇게 스스로를 위로했다, 소설가들이 쓰는 것이란 결국 하나의 주제(최초의 소설)에 대한 여러 가지 변주에 지나지 않을지 모른다고.

Litanie _ 리타니 반복, 음악의 작곡 원리. 리타니, 음악이 된 말. 소설이 성찰적 단락들에서 이따금 노래로 바뀌면 좋을 것 같다. 나의 집(chez-moi)이라는 말로 구성된, 『농담』 속 리타니 한 단락을 보자.

"……그리고 나는 그 노래들 속에 나의 출구가 있고, 나의 본원의 표지가, 내가 배신한 나의 집, 그러나 그렇기에 더욱 나의 집인 집이(배신당한 집에서야말로 가장 비통한 탄식이 솟아 나오는 법이므로) 있는 것 같았다. 그러나 동시에 나는, 이 나의 집은 이 세상에 속한 것이 아니며(이 세상 것이 아니라면 그 집은 대체 어떤 것인가?), 우리가 노래하는 것들은 모두가 그저 추억이자 기념물이고, 더 이상 존재하지 않는 것을 상상으로 보존하는 일일 뿐임을 깨달았고, 나의 집 바닥이 내 발밑으로 꺼져 내려앉는 것을, 내가 클라리넷을 입에 문 채 수십 년 수백 년의 심연 속으로, 바닥없는 심연 속으로 미끄러져 들어가는 것을 느꼈고, 유일한 나의 집은 바로 이러한 하강, 이러한 추락, 무언가를 찾고 갈망하는 이 추락이라고 나 자신에게 말하며 놀라고 있었고, 그리하여 나는, 그러한 나의 집에, 내 황홀한 현기증에 스스로를 내맡겼다."

내가 개정(改訂)하기 전 프랑스어 번역본은 반복되는 '나의 집'을 모두 유의어로 대체해 놓았더랬다.

"……그리고 그 노랫가락들 속에서 나는 내 집[chez moi]에 있는 것 같았고, 내가 그곳에서 나왔고, 그것들의 실체가 내 본래 표상이고, 내 반역을 씻어 주었으므로 더더욱 내게 속한(가장 비통한 탄식은 우리가 부끄러워한 둥지[nid]에서 나오는 법이므로) 내 보금자리[foyer] 같았다. 동시에 나는 부지불식간에, 그것이 이 세계에 속해 있지 않고(그런데 이 세계에 속해 있지 않다면, 그것은 어떤 거처[gîte]일까?), 우리 노래와 멜로디의 살이 단지 기억과 유물의 더께에 불과하다는 것을, 더 이상 존재하지 않는 것들이 남긴 전설적 실체의 잔상이라는 것을 깨달았고, 발밑으로 내 고향[foyer]의 대륙적 토대가 무너져 내리는 것 같았고, 내가 클라리넷을 물고서 수십 년 수백 년의, 바닥 없는, 심연 속으로 미끄러져 떨어지는 것 같았고, 그래서 놀란 채로, 나의 하강이, 무언가를 찾으려는 갈망, 이 추락이 내 유일한 피난처[refuge]라고 생각했고, 나 자신을 내 황홀한 현기증에 던지도록 내버려두었다."

유의어들은 텍스트의 선율뿐 아니라 의미의 선명성까지 파괴하고 말았다.[Répétitions(반복) 항목을 볼 것.]

Livre _ 책   숱한 방송 프로그램에서 사람들이 이렇게 말하는 것을 들었다. "……내가 책에서 말했듯이(comme je le dis dans mon livre)……." 그때마다 사람들은 리브르(livre, 책)의 첫음절 리(li)를 아주 길게, 앞 음절보다 거의 한 옥타브는 높게 발음한다.

반면, "……우리 마을의 관습대로(comme c'est l'usage dans ma ville)"라고 말할 때 마(ma, 우리)와 빌(ville, 마을) 사이의 간격은 겨우 4분의 1박자다.

‘내 책’(mon livre, 몽 리브르), 자아 심취를 위한 음운론적 엘리베이터.[Graphomanie(글쓰기 광증) 항목을 볼 것.]

Lyrique _ 서정적인 『참을 수 없는 존재의 가벼움』에는 여자들을 쫓아다니는 두 부류의 바람둥이에 대해 논하는 부분이 있다. 한쪽은 (모든 여자에게서 자신의 주관적 이상형을 찾으려는) 서정적 바람둥이고, 다른 쪽은 (여자들에게서 여성 세계의 무한한 다양성을 찾으려는) 서사적 바람둥이다. 이는 서정적인 것과 서사적(그리고 극적)인 것 사이의 고전적 구분에 대응하며, 이러한 분리는 18세기 말에 이르러 독일에서 출현, 헤겔의 『미학』에서 훌륭하게 개진되었다. 즉 서정적인 것은 자신을 고백하는 주체성의 표현이고, 서사적인 것은 세계의 객관성을 파악하려는 열정에서 비롯한다. 내게 있어 서정적인 것과 서사적인 것은 미학의 영역을 넘어선다. 이는 자신과 세계와 타인에 대한 인간의 두 가지 태도의 가능성을 표상한다.(서정적 나이 = 청춘의 시기.) 안타깝게도 서정적인 것과 서사적인 것에 대한 이런 발상은 프랑스인들에게는 아주 낯설어서, 프랑스어 번역본에서 나는 서정적 바람둥이를 낭만적 호색한으로, 서사적 바람둥이를 바람둥이형 호색한으로 만드는 것에 동의

하지 않을 수 없었다. 최선의 해결책이었지만, 그럼에도 나는 조금 서글펐다.

Lyrisme (et révolution) _ 서정시(와 혁명) "서정시는 도취이고, 인간은 세상과 보다 쉽게 섞이기 위해 도취한다. 혁명은 연구되거나 관찰되기를 원하는 것이 아니라 사람들이 혁명과 하나가 되길 원한다. 바로 그런 의미에서 혁명은 서정적이며 서정시가 혁명에 필요한 것이다."(『삶은 다른 곳에』) "남자들과 여자들이 갇혀 있던 감옥의 바깥벽 전체가 시(詩)로 도배되었고, 그 벽 앞에서 사람들은 춤췄다. 오, 아니, 죽음의 무도가 아니었다. 이곳에서는 순진무구가 춤췄다. 피 흘리는 미소를 띤 순진무구."(『삶은 다른 곳에』)

Macho (et misogyne) _ 마초(와 여성 혐오자) 마초는 여성성을 흠모하고 자기가 흠모하는 것을 지배하기 원한다. 지배당하는 여인의 원형적 여성성(모성, 다산성, 연약함, 집에 있기 좋아하는 특성, 감상성 등)을 찬미함으로써 그는 자신의 남성성을 찬미한다. 반대로 여성 혐오자는 여성성을 두려워한다. 그는 너무 여성스러운 여성에게서 달아난다. 마초의 이상은 가정이고, 여성 혐오자의 이상은 애인이 여럿인 독신자 또는 사랑하는 여성과 결혼해 아이 없이 사는 기혼자다.

Méditation _ 명상 소설가에게 주어진 세 가지 기본 가능성. 어떤 이야기를 이야기하거나(필딩), 어떤 이야기를 묘사하거나

(플로베르), 어떤 이야기를 생각하거나(무질). 19세기에는 소설의 묘사가 당대의 (실증주의적이고 과학적인) 시대정신과 잘 어울렸다. 무한히 되풀이되는 명상 위에 소설을 구축하는 것은 그 무엇도 생각하기 싫어하는 20세기의 시대정신을 거스른다.

Métaphore _ 메타포   한낱 장식에 지나지 않는 메타포를 좋아하지 않는다. '초록 양탄자 초원' 같은 상투적 표현뿐 아니라, 가령 릴케의 "벌어진 상처에서 흘러나오는 고름처럼 그들의 입에서 웃음이 터져 나왔다."라든가 "그의 기도는 말라 죽은 관목의 이파리처럼 그의 입에서 벌써 떨어져 내리고 있었다."(『말테의 수기』) 같은 구절들도 염두에 두고 하는 말이다. 이와는 반대로 돌연한 계시의 순간에, 사물이나 상황이나 인물의 포착할 수 없었던 정수(精髓)를 포착하는 수단일 때, 메타포는 다른 무엇으로도 대체할 수 없다. 이때 메타포는 정의(定義)와 같다. 예를 들어, 브로흐에서 볼 수 있는, 에슈의 실존적 태도 같은 것: "그의 희망은 일의성(一意性)을 향해 있었다. 그는 세계를 만들고 싶어 했다. 마치 쇠기둥에 묶듯이 자기 자신의 고독을 단단히 묶어 놓을 수 있을 정도로 일의적인 세계를."(『몽유병자들』) 나의 규칙: 소설에 메타포는 가능한 한 적을 것, 있다면 그것이 소설의 정점일 것.

Misogyne _ 여성 혐오자   우리는 모두 생애의 시초에서부터 어머니와 아버지, 여성과 남성을 대면하게 된다. 그리고 이 두 원형과 맺는 조화 또는 부조화의 관계에 의해 성격 특질이 형성된다. 여성 공포증(여성 혐오증)은 비단 남자뿐만 아니라 여자들한테서도 나타나며, 남성 혐오자(원형으로서의 남성과 부조화하는 남녀들) 못지않게 많은 여성 혐오자가 있다. 이러한 태도들은 인간 조건의 서로 다른, 그러나 전적으로 정당한 가능성이다. 페미니스트 이분법은 남성 혐오 문제를 전혀 제기하지 않은 채, 여성 혐오를 단순한 모욕으로 바꿔 놓았다. 그리하여 이 개념의 유일하게 흥미로운 부분인 심리학적 내용을 교묘히 피해 버렸다.

Misomuse _ 뮤즈 혐오자   예술에 대한 센스가 없는 것은 대수로운 일이 아니다. 사람들은 프루스트를 읽지 않고도, 슈베르트를 듣지 않고도, 얼마든지 평온히 살아갈 수 있다. 그러나 뮤즈 혐오자는 평온히 살지 못한다. 그는 자신이 이해하지 못하는 뭔가가 있다는 사실에 모욕감을 느끼고, 그것을 증오한다. 대중적 반유대주의가 있듯이, 대중적 뮤즈 혐오 또한 있다. 파시스트와 공산주의 체제가 현대 예술과의 전쟁을 선포했을 때 이 뮤즈 혐오를 이용했다. 한편, 매우 지적이고 사변적인 뮤즈 혐오도 있다. 이들은 예술을 미학 바깥에 있는 목적에 복속시킴으로써 예술을 응징한다. 참여예술의 교리, 그것은 정치 수단으로서의 예술이다. 예술 작품을 그저 (정신분석학, 기호학, 사회학 같은) 방법론 적용을 위한 대상으로만 여기는 이론가들 또한 뮤즈 혐오자다. 그리고 시장 논리를 미학적 가치 판단의 제1준칙으로 삼는, 민주주의적 뮤즈 혐오가 있다.

Moderne (art moderne, monde moderne) __ 현대 (현대 예술, 현대 세계)   서정적 엑스터시를 통해 세계와 자신을 동일시하는 현대 예술이 있다. 아폴리네르가 그렇다. 기술에 대한 찬탄과 미래에 대한 매혹. 그와 더불어, 그리고 그에 뒤이어, 마야콥스키, 레제, 미래파, 아방가르드 들이 있다. 하지만 아폴리네르의 반대는 카프카다. 카프카에게 현대 세계란 인간이 길을 잃는 미로다. 반(反) 서정적이고, 반(反) 낭만적이며, 회의적이고, 비판적인 모더니즘. 카프카와 더불어, 그리고 카프카에 뒤이어, 무질, 브로흐, 곰브로비치, 베케트, 이오네스코, 펠리니 등이 있다. 미래를 향해 나아갈수록 이 반(反) 현대적 모더니즘의 유산은 그 비중이 점점 더해 가고 있다.

Moderne (être moderne) __ 현대(현대적이 되다)   체코의 위대한 아방가르드 소설가 블라디슬라프 반추라는 1920년에 이렇게 썼다. "새롭고, 새롭고, 새로운 것은 공산주의의 별뿐이다. 그것 외에 다른 모더니티는 없다." 그와 동시대인들 모두가 현대적이 될 호기를 놓치지 않으려고 공산당으로 몰려들었다. 공산당이 '모더니티의 바깥' 도처에 있게 되자 공산당의 역사적 몰락은 자명해졌다. 랭보는 "절대적으로 현대적이어야 한다."라고 했다. 현대적이고자 하는 욕망은 하나의 원형, 말하자면 우리 안에 깊숙이 닻을 내린 비합리적 명령, 그 내용이 불확정적이고 수시로 변하는, 끈질기게 되풀이되는 모종의 형식이다. 현대적인 것은 스스로 현대적이라고 선언하는 것이고, 그럼으로써 현대적인 것으로 받아들여진다. 『페르디두르케』의 므워드지아코프 부인은 "예전에는 몰래 숨어서 가곤 하던 화장실, 그 화장실로 향해 가는 자신의 경망스러운 걸음걸이"를 현대성의 징표인 양 과시한다. 곰브로비치의 『페르디두르케』는 현대성의 원형에 관한 신화를 가장 선명하게 벗겨 버린다.

　Mystification ＿ 신비화　그 자체로 신기한 ('미스터리'에서 파생된) 신조어. 18세기 프랑스 자유주의 사상가들 사이에서 처음 쓰인 '신비화'는 오로지 희극적 효과를 노린 속임수를 지칭했다. 마흔일곱 살 때 디드로는 크루아마르 후작을 상대로, 한 불운한 젊은 수녀가 자신을 돌봐달라고 후작에게 간청하는 줄로 믿게 만드는 기발한 사기를 쳤다. 몇 달에 걸쳐 디드로는 존재하지도 않는 여인의 이름이 서명된, 감동적인 편지들을 후작에게 보냈다. 디드로의 소설 『수녀(La Religieuse)』는 바로 이 신비화의 산물이다. 그리고 또한 디드로와 그의 시대를 사랑하게 만드는 이유다. 신비화는 세계를 심각하게 받아들이지 않는 능동적 태도다.

　Non-être ＿ 비(非)존재　"……비존재처럼 여린 푸르스름한 죽음." 그러나 '무(無, néant)처럼 푸르스름한'이라고 말할 수는 없다. 무는 푸르스름하지 않기 때문이다. 이것이 무와 비존재가 서로 다른, 별개의 것이라는 증거다.

　Obscénité ＿ 음란　외국어로 음란한 말을 하면 음란함이 느껴지지 않는다. 음란한 말이 외국어 억양으로 발음되면 우습기만 할 뿐이다. 외국 여자와 음란해지기의 어려움. 음란함은 우리를 조국에 얽매는 가장 깊은 뿌리다.

Octavio __ 옥타비오 내가 이 소사전을 만드는 사이 참혹한 지진이 멕시코시티 중심부를 강타한다. 그곳에는 옥타비오 파스와 그의 아내가 산다. 아흐레 동안이나 그들 부부에게서는 아무런 기별이 없다. 9월 27일, 전화가 온다. 옥타비오의 안부 전화다. 나는 술 한 병을 따 그의 만수무강을 위하여 건배한다. 그리고 소중하고도 소중한 그의 이름을 이 73개 어휘 목록에 47번째 말로 올린다.

OEuvre __ 작품 "구상에서 작품까지의 길은 무릎으로 기어가는 길이다." 나는 블라디미르 홀란의 이 시구를 잊을 수가 없다. 그래서 카프카가 펠리체에게 쓴 편지들을 『성』과 같은 급에 놓기를 거부한다.

Oisiveté __ 빈둥대기 만악(萬惡)의 근원. 하지만 송구하게도 내게는 이 프랑스어 단어가 더없이 매력적으로 울린다. 공명하는 말들의 연상 작용 탓이다. 빈둥대는 여름 새(l'oiseau d'été de l'oisiveté, 루아조 데테 드 루아지브테).

Opus __ 오푸스 작곡가들의 이상적인 습관. 그들은 스스로 '유효하다'고 인정하는 작품에만 오푸스 넘버를 부여한다. 미숙기의 작품, 어쩌다가 만들어진 작품, 연습곡들에는 오푸스 넘버를 매기지 않는다. 오푸스 넘버가 없는 베토벤의 작품, 예컨대「살리에리 변주곡」은 정말 보잘것없지만, 우리는 실망하지 않는다. 작곡가가 직접 우리에게 경고했으니까. 모든 예술가들에게 던져지는 기초적 질문: 그의 '유효한' 작품은 어느 작품부터인가? 야나체크는 마흔다섯 살이 넘어서야 자신의 독창성을 찾았다. 그 이전에 그가 작곡한, 아직까지 남아 있는 몇몇 작품을 들을 때면 나는 고통스럽다. 죽기 전에 드뷔시는 자신의 초고와 미완성작들을 모두 없애 버렸다. 작가가 자신의 작품들을 위해 할 수 있는 최소한의 봉사. 작품들 주변을 깨끗이 청소하기.

Oubli _ 망각 "인간의 권력 투쟁은 망각에 맞서는 기억의 투쟁이다."『웃음과 망각의 책』에서 미레크라는 인물이 말한 이 구절은 종종 이 소설의 메시지처럼 인용되곤 한다. 이는 독자가 소설에서 '이미 알려진 것'부터 먼저 읽어 내는 탓이다. 이 소설의 '이미 알려진 것'은, 전체주의 권력에 의해 강요되는 망각이라는, 저 유명한 오웰적 주제다. 그러나 미레크에 관한 이 이야기의 독창성을 나는 전혀 다른 곳에서 찾는다. 소설에서 미레크는 사람들이 자신(그와 그의 동지들과 그들의 정치적 투쟁)을 잊지 않도록 모든 수단을 강구한다. 동시에 그는 사람들이 다른 사람(이제는 창피해진 그의 옛 애인)을 잊게 만들려고 사력을 다한다. 망각의 욕구는 정치적 문제이기에 앞서 존재론적 문제다. 예로부터 줄곧 사람은 자신의 일대기를 다시

쓰고 싶은 욕망, 자신과 타인의 과거를 바꾸고 흔적들을 지워
버리고 싶은 욕망을 품어 왔다. 망각 희구는 남을 속이고 싶은
단순한 욕망과는 아주 거리가 멀다. 사비나는 무엇 하나 감춰
야 할 이유가 없는데도, 잊히고 싶은 비합리적 욕망에 시달린
다. 망각은 절대적 부당함인 동시에 절대적 위안이다.

Pseudonyme _ 가명   나는 법에 따라 작가가 자신의 신분을
비밀로 하고 가명을 사용해야만 하는 세상을 꿈꾼다. 그 이점
은 세 가지다. 글쓰기 광증의 원천적 억제, 문학 활동에 대한
공격성 감소, 작품의 전기(傳記)적 해석 소멸.

Réflexion _ 성찰   번역하기 가장 어려운 것은 대화도 아니
고, 묘사도 아니고, 성찰적인 구절들이다. 전적으로 정확해
야 하며(의미의 부정확함은 성찰을 사이비로 만든다.) 그와 동시
에 그 아름다움이 보존되어야 한다. 성찰의 아름다움은 성찰
의 시적 양태로 드러난다. 내가 아는 것은 세 가지다. 1) 아포리
즘, 2) 리타니, 3) 메타포.[Aphorisme(아포리즘), Litanie(리타니),
Métaphore(메타포) 항목을 볼 것.]

Répétitions _ 반복   나보코프는 러시아어 원전『안나 카레
니나』의 도입부에서 ‘집’이라는 단어가 여섯 행에 걸쳐 여덟
번 반복되는 것을 지적한다. 그는 이것이 작가가 의도에 따라
공들인 반복임을 역설한다. 그러나 프랑스어 번역본에는 ‘집’
이라는 단어가 딱 한 번 나오고, 체코어 번역본에도 두 번밖

에 없다. 같은 책에서 톨스토이가 '말했다(сказал)'라고 쓴 곳마다 프랑스어 번역자는 '목청을 높였다', '쏘아붙였다', '되풀이했다', '소리쳤다', '매듭지었다' 등으로 바꿔 썼다. 번역자들은 동의어를 찾는 데 혈안이다.(나는 동의어라는 개념 자체를 거부한다. 각 낱말은 의미론적으로 대체 불가능한, 특유한 뜻을 지닌다.) 파스칼은 이렇게 말했다. "한 편의 글에서 반복되는 단어를 고치려다 보면, 그 말이 가장 안성맞춤이어서 고치면 고칠수록 글이 망가지는 것을 보게 된다. 그런 단어들을 그대로 두어야 한다. 그것이 그 글의 고유한 표징이다." 어휘의 풍부함 자체로 무슨 가치가 있는 것이 아니다. 헤밍웨이의 경우, 간결한 어휘, 그리고 한 단락에서 반복되는 한 단어로써 문체의 멜로디와 아름다움이 만들어진다. 가장 아름다운 프랑스어 산문 하나는 세련된 유희적 반복으로 시작된다. "나는 ○○ 백작 부인을 미친 듯이 사랑했다. 나는 스무 살이었고, 나는 순진했다. 그녀는 나를 속였고, 나는 화를 냈고, 그녀는 떠났다. 나는 순진했고, 나는 그녀가 그리웠다. 나는 스무 살이었고, 그녀는 나를 용서했다. 나는 스무 살이었기에, 나는 순진했고, 언제나 속았고, 하지만 더 이상 헤어지지 않았고, 나는 내가 가장 사랑받는 애인이라 믿었고, 그래서 가장 행복한 남자였다."(비방드농, 『내일은 없다』)[Litanie(리타니) 항목을 볼 것.]

Rewriting _ 다시 쓰기   인터뷰, 대담, 발췌. 편집, 개작, 영화화 각색, 텔레비전용 재구성. 다시 쓰기가 시대정신이 된 듯하다. 언젠가는 과거의 문화 전체가 완전히 다시 쓰일 것이고,

그 '다시 쓰기' 다음에는 완전히 잊히리라.

Rire (européen) __ (유럽의) 웃음　라블레에게는 즐거운 것과 우스운 것이 아직 한가지였다. 18세기, 스턴과 디드로의 유머는 라블레적인 즐거움에 대한 감미롭고 향수 어린 추억이 된다. 19세기, 고골은 우울한 유머리스트였다. 그는 "우스운 이야기를 주의 깊게 찬찬히 살펴보면 점점 더 슬퍼진다."라고 말했다. 유럽은 자신의 실존에 대한 우스운 이야기를 아주 오랫동안 보아 오다가, 20세기에 이르면, 라블레의 즐거운 서사시가 이오네스코의 절망적 희극으로 바뀐다. 이오네스코는 말한다. "무서운 것과 우스운 것은 차이가 거의 없다." 유럽의 웃음의 역사가 그 끝에 이르렀다.

Roman __ 소설　작가가 실험적 자아(등장인물)를 통해 실존의 중요한 주제들을 끝까지 탐사하는 위대한 산문 형식.

Roman (et poésie)__ 소설(과 시문학)　1857년은 19세기의 가장 위대한 해다. 『악의 꽃』으로 서정시는 자신에게 알맞은 영역, 자신의 본질을 발견한다. 『마담 보바리』로 소설은 처음으로 시문학에 적용되던 높은 수준의 요구 사항(다른 무엇보다도 '아름다움을 찾고자 하는' 의도, 단어 하나하나의 중요성, 텍스트의 밀도 높은 멜로디, 각각의 세부에까지 미치는 독창성의 명령)을 수용할 준비를 갖춘다. 1857년부터 소설 역사는 시가 된 소설의 역사가 된다. 그러나 시의 요구 사항 수용은 소설을 서정화하는 것과는 전혀 다르다.(소설을 서정화하는 것은 소설의 본질인 아이러니를 포기하는 것, 외부 세계를 등지는 것, 소설을 개인적 고백으로 바꾸는 것, 소설을 장식적 요소들로만 가득 채우는 것이다.) 시인이 된 소설가들 중에서 가장 위대한 이들은 극렬하게 반(反) 서정적이다. 플로베르, 조이스, 카프카, 곰브로비치. 소설 = 반(反) 서정적인 시.

Roman (européen)_ (유럽의) 소설　내가 유럽 소설이라고 부르는 것은 근대의 여명기에 남부 유럽에서 형성되어, 그 자체로 하나의 역사적 독립체를 형성한 것으로서, 훗날 지리적 의미의 유럽 바깥(특히 북남미 대륙)으로까지 그 공간을 넓혀 간 것을 일컫는다. 그 형식의 풍요로움과 고도로 집중된 진화의 강도와 사회적 역할 등에 있어, 유럽 소설에 비견될 만한 것은 (유럽 음악과 마찬가지로) 다른 어떤 문명에서도 찾아볼 수 없다.

Romancier (et écrivain) _ 소설가(와 작가)　사르트르의 에세이 「글쓰기란 무엇인가?」를 다시 읽는다. 그는 소설, 소설가라는 단어를 한 번도 사용하지 않는다. 그는 오로지 산문 작가에 대해서만 이야기한다. 옳은 구분이다.

작가는 독창적인 생각과 흉내 낼 수 없는 목소리를 가진다. 그는 (소설을 포함한) 어떤 형식이라도 사용할 수 있으며, 그가 쓰는 모든 것에 그의 생각의 표식을 붙이고, 그의 목소리를 실어, 그의 전체 작품의 일부가 된다. 루소, 괴테, 샤토브리앙, 지드, 카뮈, 말로 같은 이들이다.

소설가는 자신의 견해를 대수롭게 여기지 않는다. 그는 존재의 알려지지 않은 면모를 밝히려 더듬거리며 애쓰는 발견자다. 그는 자신의 목소리가 아니라 추구하는 형식에 매혹되며, 그의 꿈의 요구에 부응하는 형식만이 그의 작품을 이룬다. 필딩, 스턴, 플로베르, 프루스트, 포크너, 셀린 같은 이들이다.

작가는 자기 시대와 국가의 정신적 지형도에, 그리고 사상의 역사의 지형도에 제 이름을 새긴다.

어떤 소설 작품의 가치를 파악할 수 있는 맥락은 유럽 소설역사의 맥락뿐이다. 소설가는 세르반테스를 제외하고는 어느 누구에게도 갚아야 할 것이 없다.

Romancier _ 소설가(와 그의 삶) "예술가는 후세 사람들이 그가 살았던 적이 없다고 믿게 해야 한다."라고 플로베르는 말한다. 모파상은 "한 사람의 사생활과 그의 얼굴은 대중의 것이 아니다."라며, 자신의 초상화가 유명 작가 시리즈에 실리는 걸 막는다. 헤르만 브로흐는 자신과 무질과 카프카에 대해 "우리 세 사람에게는 실제인 일대기가 없다."라고 말한다. 그들의 삶에 특기할 만한 사건이 없었다는 뜻이 아니라, 그들의 삶이 이목을 끌고 대중에 알려지고 일대기로 쓰일 대상이 아니라는 뜻이다. 어떤 사람이 카렐 차페크에게 그는 왜 시를 쓰지 않는지 묻는다. 그가 답한다. "나 자신에 대해 말하는 게 싫어서요." 진정한 소설가의 확연한 특징. 자기 자신에 대해 말하는 것을 좋아하지 않는다. "나는 위대한 작가들의 소중한 삶에 코를 박는 짓을 혐오하며, 어떤 전기 작가도 내 사생활의 장막을 걷어서는 안 된다."라고 나보코프는 말한다. 또 포크너는 "한 개인으로서는, 역사에서 폐기되고 지워져, 인쇄된 책 외에는 그 어떤 흔적도 역사에 남지 않게 되기를" 바란다.(강조할 부분은 책과 인쇄된이다. 이는 곧 미완성 원고, 일기, 편지 등도 안 된다는 뜻이다.) 널리 알려진 메타포를 빌리자면, 소설가는 자신의 생애라는 집을 헐어 그 벽돌로 소설이라는 다른 집을 짓는 사람이다. 그러니까 소설가의 일대기를 쓰는 전기 작가는 소설가가 지은 것을 허물고 그가 허문 것을 다시 짓는 사람들이다. 예술의 관점에서 보면 그들의 작업은 철저히 부정적이어서, 소설의 가치도 의미도 밝혀 주지 못한다. 요제프 K보다 카프카가 더 관심을 끄는 순간부터 죽은 카프카는 또 죽기 시작한다.

Rythme _ 리듬   나는 내 심장이 고동치는 소리를 듣는 것이 무섭다. 그 소리는 내 삶의 시간이 셈해지고 있다는 사실을 끊임없이 환기한다. 그래서 악보에 그은, 마디를 나타내는 세로줄(barre de mesure)을 볼 때마다 어떤 섬뜩한 느낌을 받는다. 그러나 가장 훌륭한 리듬의 거장들은 이처럼 단조롭고 예측 가능한 규칙성을 침묵시킬 줄 알았다. 위대한 다성음악가들은 대위법적이고 수평적인 사유로써 박자의 중요성을 약화시켰다. 베토벤의 후기 음악에서 리듬은 너무나 교묘해져서, 특히 느린 악장에서는 마딧줄이 거의 인식되지 않는다. 올리비에 메시앙에 대해 내가 감탄하는 부분은, 미세하게 음표를 더하거나 빼는 방식으로 예측할 수 없고 계측할 수 없는 시간 구조를 창안해 냈다는 점이다. 리듬의 천재성은 요란하게 강조된 규칙성으로 표출된다는 견해가 널리 통용되고 있다. 틀렸다. 질리도록 압도하는 록의 원시주의적 리듬은 심장 박동을 증폭시켜 인간의 죽음을 향해 가고 있는 행진을 한순간도 잊지 않게 한다.

Sempiternel _ 끝없는　영원(éternité)을 이처럼 방자하게 대하는 단어를 다른 언어에서는 결코 찾아볼 수 없다. 이 말 (sempiternel, 상피테르넬)과 공명하는 연상어들. 측은히 여기다(s'apitoyer, 사피투아예) ─ 어릿광대(pitre, 피트르) ─ 가련한(piteux, 피퇴) ─ 시들한(terne, 테른) ─ 영원한(éternel, 에테르넬).　이다지도 시들한 영원을 측은해하는 어릿광대(le pitre s'apitoyant sur le si terne éternel, 르 피트르 사피투아예 쉬르 르 시 테른 에테르넬).

Soviétique _ 소비에트의　나는 이 형용사를 쓰지 않는다. 소비에트 사회주의 공화국 동맹: "네 개의 말, 네 개의 허구."(코르넬리우스 카스토리아디스.) 소비에트 인민: 그 말 뒤에서, 제국에 편입된 모든 러시아화된 나라들이 잊히도록 만드는 어휘적 차단막. '소비에트'라는 말은 위대한 공산주의 러시아의 공격적 민족주의뿐 아니라 반체제자들의 민족적 향수와도 잘 어울린다. 이 말의 마술 같은 효과에 힘입어, 그들은 이른바 소비에트 체제에서 러시아(진짜 러시아)는 사라졌고, 다만 모든 비난에서 벗어난 곳에, 무구(無垢)하게, 순결한 본질로서 영속하고 있다고 믿게 된다. 나치 시대 이후 독일의 양심은 트라우마와 죄의식에 시달렸다. 토마스 만은 게르만 정신에 대한 매서운 문제 제기이다. 폴란드 문화의 성숙성의 척도인 곰브로비치는 '폴란드 정신'을 흔쾌히 능욕한다. 러시아인들이 '러시아 정신', 그 무구한 본질을 능욕할 것이라고는 좀처럼 생각되지 않는다. 그들에게는 만도 없고, 곰브로비치도 없다.

Tchécoslovaquie _ 체코슬로바키아 내 소설에서 인물들의 행위는 대체로 체코슬로바키아에서 벌어지지만, 나는 소설에 체코슬로바키아라는 말을 절대로 쓰지 않는다. 이 합성어는 너무 젊고(1918년에 만들어졌다.), 역사적 뿌리가 없고, 아름답지 않으며, 그 말로 지칭되는 대상의 너무 젊고 (시간의 시험을 거치지 않은) 인위적인 성격의 속셈을 폭로한다. 이처럼 단단하지 못한 말 위에, 억지로, 한 나라를 세울 수는 있어도, 소설을 세우는 것은 불가능하다. 그래서 내 소설 속 등장인물들의 나라를 지칭하기 위해 나는 언제나 보헤미아라는 오래전 단어를 쓴다. 정치지리학의 관점에서 보면 불분명하지만(내 소설 번역자들이 종종 이에 반발하곤 한다.) 시(詩)의 관점에서 보면 쓸 수 있는 이름은 유일하게 그것뿐이다.

Temps modernes _ 근대 근대의 출현. 유럽 역사의 결정적 장면. 신은 부재하는 신(Deus absconditus)이 되고, 인간이 모든 것의 근거가 된다. 유럽의 개인주의가 탄생하고, 그와 더불어 예술과 문화와 과학의 새로운 상황이 전개된다. 나는 미국에서 이 말의 번역 문제로 어려움을 겪는다. 이 말을 즉자적으로 modern times(모던 타임스)라고 번역하면, 미국인들은 이를 당대, 금세기로 받아들인다. 미국에 근대 개념이 결여되어 있다는 사실은 두 대륙의 간극을 여실히 보여준다. 유럽에서 우리는 근대의 끝을 살고 있다. 개인주의의 끝, 대체 불가능한 개인적 독창성의 표현으로서의 예술이라는 개념의 끝, 전례 없는 획일성의 시대를 예고하는 그런 끝에 산다. 이와 같은 끝의 느낌을 미국인들은 실감하지 못한다. 근대의 탄생을 겪지 않고, 뒤늦게 그것을 받아들인 상속자일 뿐이라서다. 시작과 끝에 대해 미국은 다른 기준을 갖고 있다.

Testament __ 유언　이제까지 내가 쓴(그리고 앞으로 쓸) 모든 책 중에서 갈리마르 출판사의 최근 도서 목록에 인용된 책들 외에 다른 어떤 책도, 지구상 어디서든 어떤 형태로든, 출판되거나 복제되어서는 안 된다. 또한 주석판도 안 된다. 각색도 안 된다.[OEuvre(작품), Opus(오푸스), Rewriting(다시 쓰기) 항목을 볼 것.] ※이 항목을 1995년 『소설의 기술』 재판본에 추가함.

Trahir __ 배신하다　"그러나 배신한다는 것이 무슨 뜻일까? 배신한다는 것은 줄 바깥으로 나가는 것이다. 배신이란 줄 바깥으로 나가 미지의 세계로 떠나는 것이다. 사비나에게 미지로 떠나는 것보다 아름다운 것은 없었다."(『참을 수 없는 존재의 가벼움』)

Transparence __ 투명성　정치적이거나 저널리즘적인 담론에서 투명성이라는 말은 개인의 삶을 대중의 눈앞에 공개한다는 뜻이다. 이는 우리에게 앙드레 브르통과, 모두가 들여다볼 수 있는 유리집에서 살고 싶어 했던 그의 욕망을 다시 가리켜 보인다. 유리집. 그것은 오래된 유토피아이며 동시에 현대 생활의 가장 두려운 측면이다. 철칙: 국가의 일들이 불투명해질수록 개인의 일은 더 투명해져야 한다. 관료 체제는 공공의 일을 관장하는데도 익명이고, 기밀이고, 암호화되어 있고, 불가해한 반면, 사적 인간은 자신의 건강 상태, 재정 상태, 가족 상황 등을 공개해야 하고, 또 만일 매스미디어가 그렇게 하기로 결정하기만 하면, 그는 사랑 질병 죽음에서조차 내밀한 순간을 다시는 갖지 못한다. 타인의 사생활을 침해하고 싶은 충동은 공격성의 아주 오래된 형태 중 하나인데, 오늘날에는 그것이 (관료 체제의 문건들로써, 기자들의 언론 보도로써) 제도화되고, (인간의 기본권 중 으뜸이 된 알권리로써) 도덕적으로 정당화되며, (투명성이라는 멋진 말로써) 시화(詩化)된다.

Uniforme(Uni-form) _ 획일성 "현실이 계획 가능한 계산의 동형(同形)성 속에 있으므로, 현실인 것에 뿌리내리고 있기 위해서는 인간 또한 그 단일성 속으로 들어가야 한다. 오늘날 획일성 없는 인간은 곧 현실 아닌 것 같은, 더 이상 그곳에 속하지 않는 것 같은 인상을 준다."(하이데거, 『형이상학의 극복』) 측량사 K가 필사적으로 찾는 것은 인간적 유대가 아니라 획일성이다. 획일성 없이는, 피고용인의 유니폼 없이는, 그는 '현실인 것에 뿌리내리지' 못하고 '현실 아닌 것 같은 인상'만을 주게 된다. 카프카는 바로 이 상황 변화를 (하이데거 이전에) 처음 포착했다. 예전에 사람들은 다중성(pluriformité), 즉 유니폼으로부터 달아나는 것에서 이상과 기회와 승리를 찾았다. 미래에는 유니폼의 상실이 절대적 불행, 인간인 것 바깥으로의 추방을 의미할 것이다. 카프카 이후로, 삶을 계획하고 계산하는 거대한 장치들에 힘입어 세계의 획일화가 엄청나게 진전되었다. 그러나 어떤 현상이 일반화되고 일상화되어 도처에 있게 되면, 사람들은 더 이상 그것을 식별할 수 없게 된다. 획일화된 삶의 행복에 취해, 사람들은 자신이 걸친 유니폼을 더 이상 보지 못한다.

Valeur _ 가치 1960년대의 구조주의는 가치 문제를 괄호 속에 넣어 버렸다. 그러나 구조주의 미학의 창시자는 말한다. "객관적인 미학적 가치를 상정(想定)함으로써만 예술의 역사적 진전에 의미를 부여할 수 있다."(얀 무카르조프스키,『사회적 현상으로서의 미적 기능과 규범과 가치』, 프라하, 1934) 미학적 가치를 묻는 것은 하나의 작품이 인간 세계에 던져주는 발견, 혁신, 새로운 빛을 가려내고, 그것에 이름을 부여하고자 한다는 뜻이다. 오직 가치로서 인정된(그 새로움이 파악되고 명명된) 작품만이, 단순히 사실들의 연속이 아니라, 가치들의 추구인 '예술의 역사적 진전'의 일부가 된다. (특정한 역사적 시기, 특정 문화 등에 속한) 작품에 대해, 가치 문제를 빼놓고, (주제론적 사회학적 형식주의적) 설명으로만 만족한다면, 모든 문화와 문화 활동을(바흐와 록을, 만화와 프루스트를) 동등하게 취급한다면, 예술 비평(가치에 대한 성찰)이 의견 개진의 장을 더 이상 찾지 못한다면,

'예술의 역사적 진전'은 그 의미가 흐려지고, 몰락하고, 작품들의 거대하고 어처구니없는 창고가 되어 버릴 것이다.

Vie (avec le V en majuscule) __ (대문자 V로 시작하는) 삶   초현실주의자들의 팸플릿 「어느 시체」(1924)에서 폴 엘뤼아르는 아나톨 프랑스의 시신을 향해 막말을 퍼붓는다. "시체여, 너를 닮은 것들을 우리는 사랑하지 않는다……." 더욱 흥미로운 것은, 관(棺)에 대고 하는 이런 발길질보다 그에 이어지는 해명이다. "더는 내 눈에 맺히는 눈물 없이 상상할 수 없는 것, 삶(la Vie), 그것은 오늘도 여전히, 부드러움만이 버팀목이 되어주는 사소하고 하찮은 것들에 나타난다. 회의주의, 아이러니, 비겁함, 프랑스, 프랑스 정신이란 건 대체 뭘까? 망각의 세찬 숨결이 이 모든 것으로부터 나를 멀리 데려간다. 어쩌면 나는 삶(la Vie)을 비루하게 만드는 그 무엇도 읽은 적 없고, 그 무엇도 본 적 없는 걸까?"
　엘뤼아르는 회의주의와 아이러니의 반대편에 사소하고 하찮은 것, 눈에 맺히는 눈물, 부드러움, 삶의 영예, 그렇다, 대문자 V로 시작하는 삶을 맞세웠다! 그토록 요란한 비순응주의자의 제스처 뒤에 도사린, 지극히 진부한 키치 정신.

Vieillesse __ 늙음   "노학자는 시끌벅적한 젊은이들을 지켜보다가 문득, 이 상낭에서 자유의 특권을 지닌 이는 자신뿐이며 그것은 자신이 나이가 들었기 때문임을 깨닫는다. 사람이 자기 무리의 의견을, 대중과 미래의 의견을 무시할 수 있는 것은 오로지 나이 들었을 때뿐이다. 나이 든 사람은 이제 가까이 다가온 죽음과 더불어 혼자이며, 죽음에는 눈도 귀도 없으며, 그러니 죽음한테 잘 보일 필요가 없다. 이제 마음 내키는 대로 할 수 있고 말할 수 있다.”(『삶은 다른 곳에』) 렘브란트와 피카소. 브루크너와 야나체크.『푸가의 기법』의 바흐.

7부   예루살렘 연설: 소설과 유럽

이스라엘이 수여하는 상 가운데 가장 중요한 것이 세계문학에 수여된다는 사실은 우연이 아니라 오랜 전통으로 보입니다. 사실 국가를 초월하여 유럽 전체에 특출한 감수성을 보여 온 것은 언제나 자신들의 원래 땅에서 멀리 떨어짐으로써 국가적 정념 너머에서 키워진 위대한 유대인 인사들이었습니다. 여기서 유럽이라 함은 영토가 아닌 문화 개념으로서의 유럽을 지칭하는 것입니다. 유럽으로부터 그토록 비극적인 환멸을 체험한 후에도 그 유럽적 세계주의에 충실히 머물러 있다고 할 때, 마침내 되찾게 된 그들의 조그만 조국 이스라엘이 저의 눈에는 유럽의 진정한 심장, 몸 밖에 자리 잡은 기묘한 심장으로 보입니다.

오늘 저는 깊은 감동을 느끼며 예루살렘이라는 이름과 이 위대한 세계주의적 유대 정신이 새겨진 상을 받습니다. 제가 이 상을 받는 것은 소설가로서입니다. 저는 소설가임을 강조하지 작가라고 말하지 않습니다. 플로베르에 따르면 소설가란 자신의 작품 뒤로 사라지기를 바라는 사람입니다. 자신의 작품 뒤로 사라진다는 것, 이것은 공인(公人)으로서의 역할을 거부하는 것입니다. 오늘날 이는 결코 쉬운 일이 아닙니다. 오늘날 다소나마 중요한 모든 것은 눈을 뜰 수 없을 정도로 휘황찬란한 매스미디어의 무대를 통해야 하는데, 이 매스미디어는 플로베르의 생각과는 반대로 작품을 작가의 이미지 뒤로 사라지게 합니다. 어느 누구도 완전히 벗어날 수 없는 이러한 상황에서 볼 때 플로베르의 관찰은 흡사 하나의 경고처럼 여겨집니다. 소설가가 공인 역할을 맡음으로써 소설은 소설가 자신의 행동, 선언, 입장에 대한 단순한 부록에 지나지 않는 것으로 간주될 위험에 직면합니다. 그러나 소설가는 어느 누구의 대변인도 아닙니다. 저는 이러한 주장을 좀 더 밀고 나가 소설가는 자기 자신의 생각을 대변하는 사람조차도 아니라고 말하고 싶습니다. 톨스토이가 애당초 『안나 카레니나』를 구상했을 당시, 안나는 무척이나 밉살스러운 여자여서 그녀의 비극적인 종말까지 정당화될 정도였습니다. 이 소설이 완성되었을 때의 내용은 최초의 구상과는 전혀 다릅니다. 그러나 그사이에 톨스토이의 윤리 의식이 변했다고는 할 수 없을 것입니다. 차라리 저는 톨스토이가 작품을 쓰는 동안 윤리에 대한 자기의 개인적 신념의 소리 외 다른 소리에 귀를 기울였던 것이라고 말하고 싶습니다. 그는 제가 즐겨 소설의 지혜라고 부르는 것에 귀를 기울였던 것입니다. 모든 진정한 소설가들은 개인적 차원 너머에 있는 이 지혜의 소리를 경청합니다. 이것은 위대한 소설들이 항상 그 작가들보다 조금이라도 더 현명하다는 것을 알 수 있게 해 줍니다. 자신의 작품보다 더 현명한 소설가들이라면 그들은 아마 직업을 바꾸어야 할 것입니다.

그러나 이 지혜란 도대체 어떤 것입니까? 도대체 소설이란 무엇입니까? 인간은 생각하고 신은 웃는다라는 감탄할 만한 유대 속담이 있습니다. 저는 이 속담에서 영감을 얻어, 라블레가 어느 날 신의 너털웃음을 듣고, 이리하여 유럽 최초의 위대한 소설을 착상할 수 있었던 것이라고 상상하기를 좋아합니다. 마치 신의 너털웃음이 메아리로 울리듯 소설이라는 예술이 이 세상에 온 거라고 생각하면 즐거워집니다.

그러나 신은 왜 생각하는 인간을 보고 웃는 것일까요? 인간이 생각해 봐야 진리는 그들로부터 멀어져 버리기 때문입니다. 인간이 생각을 하면 할수록 어느 한 사람의 생각은 다른 사람의 생각으로부터 점점 더 멀어져 버리기 때문입니다. 그리고 결국 인간이란 결코 자기가 생각하는 것과 같지 않은 존재이기 때문입니다. 중세에서 벗어난 인간의 이러한 근원적인 상황은 근대의 여명기에 이미 드러났습니다. 돈키호테는 생각하고 산초 판사도 생각을 하는데, 그들에게서는 이 세계의 진리뿐만 아니라 그들 자신의 진리까지도 달아나 버립니다. 유럽 최초의 소설가들은 인간의 이러한 새로운 상황을 포착했으며 그 상황 위에 새로운 예술, 소설이라는 예술을 수립했던 것입니다.

라블레는 많은 신조어들을 만들어 냈고 뒤이어 이 신조어들은 프랑스어와 다른 나라의 언어에 편입되었습니다. 그러나 그 가운데 하나가 잊혔다는 것은 무척 애석한 일입니다. 그것은 아젤라스트(agélaste)라는 단어입니다. 그리스어에서 유래한 이 단어는 웃지 않는 사람, 유머 감각이 없는 사람을 의미합니다. 라블레는 이 아젤라스트를 싫어했습니다. 그는 그들을 두려워했습니다. 아젤라스트들이 그에게 너무 가혹하다고 불만을 토로하기도 했고 그래서 하마터면 죽을 때까지 글을 쓰지 않게 될 뻔하기도 했습니다.

소설가와 아젤라스트 사이에 평화란 불가능합니다. 한 번도 신의 너털웃음을 들어 보지 못한 아젤라스트들은 진리란 명확하고 모든 사람이 같은 것을 생각해야 하며, 자신이 스스로 생각하는 것과 똑같은 존재라고 확신합니다. 그러나 사람이 한 개인이 되는 것은 진리의 명증성과 다른 사람들의 일치된 동의를 상실함으로써입니다. 소설이란 개인들의 상상적 낙원입니다. 그것은 아무도, 안나도 카레닌도 그 누구도 진리의 소유자가 아닌 영역이며 그러면서도 모두가, 안나도 카레닌도 이해될 수 있는 자격을 지니는 영역입니다.

『가르강튀아와 팡타그뤼엘』 3권에서, 유럽 소설 역사상 최초의 위대한 인물인 파뉘르주는 결혼을 할 것인가 말 것인가라는 문제를 놓고 고민합니다. 그는 의사를 만나 물어보기도 하고 점쟁이를 만나 물어보기도 하고 시인, 철학자 들에게도 물어봅니다. 이들은 제각기 히포크라테스, 아리스토텔레스, 호메로스, 헤라클레이토스, 플라톤 등을 인용해 가며 답을 들려줍니다. 그러나 책 전체를 차지하는 방대하고 해박한 연구

뒤에도 파뉘르주는 여전히 결혼을 해야 할지 말아야 할지에 대해 알지 못합니다. 독자들도 모르기는 마찬가지입니다. 그러나 한편으로 우리는 결혼해야 할지 말아야 할지를 알 수 없는 사람의 근원적이면서도 유별난 상황을 가능한 모든 각도에서 연구해 보게 되는 것입니다.

방대하긴 해도 라블레의 박학함은 데카르트의 박학과 의미가 다릅니다. 소설의 지혜는 철학의 지혜와는 다릅니다. 소설은 이론적 정신이 아니라 유머의 정신에서 탄생합니다. 유럽이 저지른 실수 가운데 하나는 소설이라는 가장 유럽적인 예술을 전혀 이해하지 못했다는 것입니다. 유럽은 소설의 정신도, 그 방대한 지식과 발견도, 그 자율적인 역사도 전혀 이해하지 못했습니다. 신의 웃음에서 그 영감을 길어 내는 예술은 본질상 이데올로기적 명확함에 종속되는 것이 아니라 그에 대항하는 것입니다. 페넬로페에 빗대어 말하면, 소설은 신학자와 철학자와 학자 들이 전날 짜 놓은 양탄자를 밤새 풀어헤치는 것입니다.

최근 들어서는 18세기의 잘못에 대해 말하는 것이 하나의 관습이 되었고, 그리하여 러시아의 전체주의라는 불행은 유럽의 소산, 특히 계몽주의 시대의 무신론적 합리주의와 그것이 지녔던 이성의 전능함에 대한 믿음의 소산이라는 생각이 널리 퍼졌습니다. 볼테르를 집단 수용소에 대해 책임져야 하는 사람으로 몰아 가는 사람들과 논쟁을 벌일 만한 능력이 저에게 있다고 생각하지는 않습니다. 그러나 저는 18세기가 비단 루소와 볼테르와 돌바크의 시대만은 아니었다는 것, 동시에(라기보다는 특히) 필딩, 스턴, 괴테, 라클로의 시대이기도 하다는 것을 자신 있게 말씀 드릴 수 있습니다.

이 시대 모든 소설 중에서 제가 좋아하는 것은 로렌스 스턴의 『트리스트럼 샌디』입니다. 흥미로운 소설입니다. 스턴은 트리스트럼이 떠오른 밤을 회상하는 것으로 소설을 시작합니다. 그러나 시작하자마자 그는 바로 다른 생각이 자기를 사로잡았다는 것에 대해 이야기하고, 또 이 생각은 자유연상에 의해 다른 생각, 다른 일화 들을 생각하게 했다는 것을 이야기합니다. 이렇듯 하나의 일탈이 거듭되는 다른 일탈로 이어져 이 소설 주인공인 트리스트럼은 수백여 페이지 동안 완전히 잊혀 버립니다. 소설을 구성하는 이러한 기발한 방식이 단순한 형식 놀이에 지나지 않는다고 생각될 수도 있을 것입니다. 그러나 예술에 있어 형식은 언제나 형식 이상의 것입니다. 모든 소설은 원하든 않든 인간의 실존이란 무엇이며 그의 시 정신은 어디에 깃든 것이냐는 물음에 대한 답을 제공해 줍니다. 예컨대 필딩 같은, 스턴의 동시대 작가들은 무엇보다도 행동과 모험의 비상한 매력의 맛을 느낄 줄 알았습니다. 스턴의 소설에 함축된 답은 좀 다릅니다. 그에 의하면 시 정신이란 행동에 깃든 것이 아니라 행동의 단절에 깃들었다는 것입니다.

어쩌면 여기에는 간접적이기는 하나 소설과 철학 사이의 대화가 개입된 것으로 볼 수 있습니다. 18세기 합리주의는 근거 없는 존재자는 없다(nihil est sine ratione)라는 라이프니츠의 유명한 명제 위에 자리 잡고 있습니다. 이러한 믿음에서 힘을 얻은 과학은 열심히 모든 현상들의 이유를 찾았고 그리하여 모든 것이 설명될 수 있고 예측될 수 있다고 여겨졌습니다. 자신의 삶이 의미 있는 것이 되기를 바라는 인간은 자신의 행위에서 이유와 목적이 없는 것들은 제거해 버립니다. 모든 전기들은 이런 방식으로 쓰입니다. 인생은 원인과 결과, 성공과 좌절의 명확한 궤적처럼 보이게 되고 자기 행위의 인과적 연쇄에만 초조하게 시선을 집중하는 인간은 죽음을 향한 광적인 경주에 더욱 박차를 가합니다.

세계를 이처럼 사건들의 인과적 연속으로 축소하는 것에 맞서서 스턴의 소설은 오직 형식 하나만으로, 시정신이란 행동에 있는 것이 아니라 행동이 멈추는 곳에 있다는 것, 원인과 결과 사이의 다리가 무너지는 곳, 생각이 감미롭고 한가로운 자유를 배회하는 곳에 있다는 것을 증명해 주고 있습니다. 실존의 시정신은 일탈에 있다는 것을 스턴의 소설은 말해 줍니다. 그것은 예측할 수 없는 것 안에 있습니다. 인과성 저쪽에 있습니다. 그것엔 근거가 없습니다. 그것은 라이프니츠의 명제 저 너머에 있는 것입니다.

따라서 한 세기의 정신이란 예술, 특히 소설에 대한 고려를 빠뜨린 채로 오로지 사상과 이론 개념들에 의해서만 판단될 수 있는 것이 아닙니다. 19세기는 기차를 발명해 냈고 헤겔은 보편적 역사 정신 자체를 포착해 냈다고 확신했습니다. 플로베르는 어리석음을 발견해 냈습니다. 저는 감히 이것이야말로 과학적 이성에 그토록 자부심을 지녔던 한 세기의 가장 위대한 발견이라고 말하고 싶습니다.

물론 플로베르 이전에도 사람들은 어리석음이라는 것이 있다는 것을 의심하지 않았습니다. 그러나 그 의미는 조금 달랐습니다. 그것은 단순한 지식의 결여, 교육으로 교정할 수 있는 것으로 간주되었습니다. 그런데 플로베르의 소설에서 어리석음은 인간 존재와 불가분의 차원에 놓여 있습니다. 그것이 불쌍한 엠마를 일생 동안, 심지어는 그녀의 사랑의 침대와 죽음의 침대에까지 따라다닙니다. 그 침대 너머에서는 무시무시한 아젤라스트인 오메와 부르니지앵이 그들의 어리석음을 마치 일종의 조사(弔詞)처럼 앞으로도 오랫동안 주고받을 것입니다. 그러나 플로베르적 전망에서 볼 때 어리석음의 가장 충격적이고 저속한 면모는, 어리석음이 과학과 기술과 진보와 근대성에 의해 사라지는 것이 아니라 진보와 더불어 진보한다는 것입니다.

심술궂은 정열로 플로베르는 자기 주변 사람들이 유식한 체하고 뭐든 다 아는 척하기 위해 하는 판에 박힌 말투들을 수집했습니다. 그는 그것들로 그 유명한 『통상 관념 사전(Dictionnaire des idées reçues)』을 만들었습니다. 이 사전의 제목을 빌려 말하면 현대적인 의미에서 어리석음이란 무지를 뜻하는 것이 아니라 통상 관념의 공허함을 의미하는 것입니다. 앞으로 다가올 세계에서는 플로베르의 발견이 마르크스나 프로이트의 혁신적인 생각보다 훨씬 중요합니다. 그 까닭은 우리가 계급투쟁 없는 미래, 정신분석 없는 미래는 상상할 수 있어도, 이제 머지않아 모든 독창적이고 개인적인 생각을 뭉개버리고, 그렇게 하여 근대 유럽 문화의 본질 자체를 질식시킬 통상 관념, 컴퓨터에 입력되어 매스미디어에 의해 전파되는 통상 관념 없는 미래는 상상할 수 없기 때문입니다.

플로베르가 엠마 보바리를 생각한 지 80여 년이 지난 우리 세기의 1930년대에 또 하나의 위대한 소설가인 헤르만 브로흐가 영웅적인 노력을 통해 키치의 물결에 맞서는, 그러나 결국에는 키치에 의해 압도되고 말 현대 소설에 대해 언급합니다. 이 키치라는 단어는 어떻게든 보다 많은 사람들의 환심을 살 수 있게 되기를 바라는 사람의 태도를 가리킵니다. 환심을 얻기 위해서는 사람들이 듣고 싶어 하는 것만을 들려주어야 하고 통상 관념에 봉사해야만 합니다. 키치란 통상 관념의 어리석음을 정서적인 아름다운 언어로 번역하는 것입니다. 그것은 우리 자신에 대한, 그리고 우리가 생각하고 느끼는 방식의 천박스러움에 대한 연민의 눈물을 우리에게서 앗아 가 버립니다. 그로부터 50년이 지난 오늘날, 브로흐의 생각은 훨씬 더 진실성을 갖게 되었습니다. 많은 사람들의 환심을 사야 하고, 따라서 관심을 끌어야 한다는 절대적 명령의 필요성에 비추어 볼 때 매스미디어의 미학은 키치의 미학이 되지 않을 수 없습니다. 그리고 매스미디어가 점점 더 우리 삶을 포위하고 그 속으로 스며듦에 따라 키치는 우리 미학, 우리 일상적 삶의 방식이 되어 버립니다. 얼마 전까지만 하더라도 모더니즘이란 통상 관념과 키치에 대한 반(反) 보수적 혁신을 의미했습니다. 오늘날 모더니티란 매스미디어의 엄청난 활력과 혼동되고, 현대적이라는 것은 시대에 뒤처지지 않으려는 필사적인 노력, 획일적이고자 하는, 가장 획일적인 것보다 한층 더 획일적이고자 하는 필사적인 노력을 의미하게 되었습니다. 모더니티가 키치의 망토를 두른 것입니다.

아젤라스트들, 통상 관념의 공허함, 키치, 이 셋은 신의 너털웃음의 메아리에서 탄생했고 어느 누구도 진리의 소유자가 아니면서도 모두가 이해될 수 있는 매력적인 상상의 공간을 만들 줄 알았던 예술에 대한, 몸 하나에 머리가 셋 달린 하나의 적입니다. 이 상상의 공간은 근대 유럽과 함께 탄생한 유럽 이미지, 유럽에 대해 우리가 품고 있는 꿈의 이미지입니다. 이 꿈은 숱하게 배반당해 왔지만 그럼에도 우리 모두를 연대감으로 묶어 우리의 조그만 대륙을 멀리 넘어설 수 있게 만들어 줄 수 있을 만큼 강력하기도 합니다. 그러나 우리는 개인이 존중받는 세계(소설이라는 상상적 세계와 유럽이라는 현실 세계)가 허약하며 소멸할 수도 있다는 것을 압니다. 지평선 너머 우리를 호시탐탐 엿보는 아젤라스트들의 군대가 보입니다. 선전 포고되지는 않았지만 전쟁이 지속되는 바로 이 시기에, 그리고 그토록 극적이고 잔혹한 운명의 이 도시에서 저는 소설에 대해서만 말하기로 결심했습니다. 아마도 여러분께서는 이것이, 제 입장에서는 중대한 문제 앞에서 도피해 버리는 것이 아니라는 것을 이해하실 겁니다. 오늘날 유럽 문화가 위협받는 것처럼 보이더라도, 가장 소중한 것, 즉 개인에 대한 존중, 개인의 독창적 사고와 침해할 수 없는 사생활의 권리에 대한 존중이 안팎으로 위협받는 것처럼 보이더라도, 유럽 정신의 소중한 진수는 마치 금고에 보관된 것처럼 소설 역사 속에, 소설 지혜 속에 보관되어 있다고 저는 생각합니다. 이 감사의 연설을 통해 저는 이 지혜에 존경의 뜻을 전하고자 합니다. 그러나 이제는 마쳐야 할 시간입니다. 제가 생각하는 것을 보고 신이 웃는다는 것을 깜박 잊었던 모양입니다.

옮긴이 권오룡   서울대 불문과와 동 대학원을 졸업했다.
저서로『존재의 변명』『애매성의 옹호』『사적인 것의 거룩함』과,
역서로『언어와 이데올로기』(공역)『메인스트림』『프로이트와 20세기』가 있다.

밀란 쿤데라 전집   Milan Kundera   11

소설의 기술

1판 1쇄 펴냄 2008년 8월 1일
2판 1쇄 펴냄 2013년 1월 25일
3판 1쇄 찍음 2026년 2월 20일
3판 1쇄 펴냄 2026년 3월 10일

지은이 밀란 쿤데라
옮긴이 권오룡
발행인 박근섭 · 박상준
펴낸곳 (주)민음사

출판등록 1966. 5. 19. 제16-490호
주소   (135-887) 서울시 강남구 신사동 506번지
             강남출판문화센터 5층
대표전화 02-515-2000 | 팩시밀리 02-515-2007
홈페이지 www.minumsa.com

한국어 판 ⓒ (주)민음사, 2008, 2013, 2026. Printed in Seoul, Korea

ISBN 978-89-374-0471-9 (04860)
         978-89-374-0460-3 (세트)

잘못 만들어진 책은 구입처에서 교환해 드립니다.